名家寫作教室

# 小學生必學的描寫文寫作

韋婭 著

新雅文化事業有限公司
www.sunya.com.hk

名家寫作教室
## 小學生必學的描寫文寫作

作　　者：韋婭
插　　圖：Kyra Chan
責任編輯：陳友娣
美術設計：陳雅琳
出　　版：新雅文化事業有限公司
　　　　　香港英皇道 499 號北角工業大廈 18 樓
　　　　　電話：(852) 2138 7998
　　　　　傳真：(852) 2597 4003
　　　　　網址：http://www.sunya.com.hk
　　　　　電郵：marketing@sunya.com.hk
發　　行：香港聯合書刊物流有限公司
　　　　　香港荃灣德士古道 220-248 號荃灣工業中心 16 樓
　　　　　電話：(852) 2150 2100
　　　　　傳真：(852) 2407 3062
　　　　　電郵：info@suplogistics.com.hk
印　　刷：中華商務彩色印刷有限公司
　　　　　香港新界大埔汀麗路 36 號
版　　次：二〇一九年七月初版
　　　　　二〇二四年四月第三次印刷

ISBN: 978-962-08-7326-3
© 2019 Sun Ya Publications (HK) Ltd.
18/F, North Point Industrial Building, 499 King's Road, Hong Kong
Published in Hong Kong SAR, China
Printed in China

韋婭

拿起這本書，你一定會心生好奇，這是一本什麼樣的「學習書」呢？既然是語文學習，那麼，走進「教室」，一定是正襟危坐緊張到抽筋的「之乎者也」的條條框框吧？可是，這卻是一本小說，是故事！

這真是太出奇、太不可思議了！

是的，那俄小湄、柳菲菲、長腿可樂等一羣人，是怎樣在朗朗書聲的白晝和汩汩思緒的晚間，如何走鋼絲一般，在「描寫」與「議論」之間，區別着相互各異的特點與表徵；而明亮的課室裏，那位神采飛揚的滑稽又可愛的周老師，怎樣像變魔術似的，把一串串「名詞」與「技巧」閃現在我們面前的呢；還有啊，每一章的小教室裏，我們是如何突然邂逅了作家，以及他們筆下的精彩描述以及出神入化的議論的呢？

這可真是一本多奇妙的書啊——我們讀到了一個趣味盎然的故事，它就像發生在我們身邊，喏，就在我們隔壁的教室裏！我們甚至可以聽到他們熱烈的討論聲，以及獲得新知的快樂笑聲。我們就想去窗口瞄一瞄，聽一聽，哦，這本書，就是發生在那個課堂裏的故事，它把如何寫議論文、如何展現描寫手法，寫成了栩栩如生的細節——是作家韋婭講給我們聽的！

來吧，從揭開第一頁開始，從目錄，進入章節，你會發現，隨着故事中人物的出現，我們走進了有趣的課堂。誰說學中文難學啊，誰說寫作文麻煩啊，跟着作家學寫作，讀着故事看課堂，哈哈，這真是不一樣的中文寫作書！

韋婭說了，讀故事學寫作，就是一場有趣的精神探索過程。希望你喜歡。

閱讀着，學習着，並快樂着。

# 目錄

# 1 天空，這樣藍

## （一）

開學了。

天空是這樣的藍，氣候是如此的暖！好久沒有這樣的日子了，那些天的冷雨清風帶給人的鬱悶與不爽，現在全都一掃而光了。春風和煦，陽光像溫暖的手，拂過校園裏的花花草草。小男生們的追逐，小女生們的歡叫，許多的喜悅，許多的快樂。春天，這就是春天！

「真喜歡這樣的好天氣哦！」小湄說。

正值課間小息。從欄杆上望下去，可以看到近處的大操場上，許多小男生小女生，奔跑着，叫喊着，追來追去。小食店那兒，原本三三兩兩的人，漸漸聚在櫃枱店前排起了長龍。長餐桌旁，圍坐着說說笑笑的男女生。

「天氣不錯,」菲菲應了一聲,然後說:「但我的心情,是很少會受到天氣的影響的!」

她聳了聳肩。話一出口,她卻立即意識到,自己點了俄小湄的要害了。於是,未等小湄反應,她就自己先格格地笑起來——明擺着的嘛,誰都知道俄小湄是一個心情最容易受天氣影響的人。

兩個好朋友,從一年級開始,她倆就同班。彼此太了解了。

近日，她們的友好相處，有了進一步的發展。自從她們組的議論文《狗是人類的朋友》，獲得了周老師「最佳作文獎」的稱譽後，她們「小飛象」羣的幾個小伙伴，關係就越加親密了。小湄、菲菲、馬莉、長腿可樂和小個子比利，彼此之間彷彿了解了許多，也更喜歡相互討論問題了。

只要誰在羣裏發一句牢騷，或引出一件剛發生的令人注意的事，馬上就有人將計就計，説出一堆是與非、對與錯的「高見」來……哈哈，這種氣氛很好哦，俄小湄喜歡的！

所以，小湄把脖子一挺，側過臉來，衝着菲菲一笑，對菲菲的話中有話毫不理會，直截了當地説：

「我呀，現在也少一些多愁善感啦，我開始用議論文的方式，寫日記了！」

「真的呀？」

好一個俄小湄！這可真讓人刮目相看！菲菲好驚訝，臉上的表情分明有小小的懷疑——你能行嗎，寫得好邏輯力強的議論文嗎？

俄小湄似乎信心爆棚。

「周老師不是說，得多實踐嘛……」她笑。

「理性腦，感性腦……」菲菲說，兩人會心一笑，想起了昨晚羣裏說起的話題。

# （二）

昨晚在小飛象羣裏，有人對俄小湄總能以千奇百怪的「形象思維」，不斷有妙言妙語蹦出來，而給她冠上一頂「感性腦」的帽子。由此，一夥人又將「理性腦」的稱謂，送給了柳菲菲。

於是，小飛象羣就像一鍋煮開的水，沸騰開了。

長腿可樂和比利，應該歸入「理性腦」的隊伍吧？而馬莉和菠蘿包呢，應該算是「感性腦」！不知誰拉出個布思思來，這位數學科代表算哪個隊呢？爭論來了。有人說她是理性腦，有人又說她是感性腦。她身上，既有花木蘭的英氣，又有祝英台的柔美。你看她，說起話來一句是一句，推理分析，有板有眼，人家從不含糊；而情感一旦上來，說哭就哭，你勸都勸不住。

　　於是，拿出各自的「論據」來吧，哎呀，眾口紛紜，爭論不休⋯⋯

　　現在的小飛象羣，可真是太好玩了，總是有冒不完的泡！議論文功課結束了，可是「一起討論」卻像傳染病似的，在小小的羣組裏繞來繞去，沒完沒了。你提一個point，我就來judge一番。評頭論足之間，總會有「失足」，於是，這個鞭撻你「說理不充分」，那個揶揄他「牛頭不對馬嘴」，反正隨你說吧，自由發言，只要你說得在理兒，沒人會介意的。

　　給你個大拇指，或朝上，或朝下，既算心情也算立場，或者跳出一個嘻嘻哈哈的大表情⋯⋯沒有功課的壓力，自然而學，多有趣啊，學習學習，不就是「學而時習之，不亦說乎」嘛！

　　小小一個羣組，有諸多的「贏」不完的竊喜，還有暢快。

　　「啊，對了，」菲菲揚起了眉毛說：「記得嗎，周老師說了，下階段的課程裏，是寫作描寫文哦！」

　　她朝小湄眨了眨眼，心照不宣——描寫文可是俄小湄的拿手好戲哦！

俄小湄可不敢流露出自以為是的神情，雖然，她是多喜歡寫描寫文。一顆心跳啊跳的，但她的臉上仍然很淡定。

## （三）

走廊上，來來回回的人多起來。下課了，當然是要走出課室，透透氣的。往往上課時，總有死氣沉沉的感覺。但是，周老師的課就不同啦，他總能調動起同學的勁頭，也真說不出他的妙招在哪裏呢。

小湄忽然想到，說：「不曉得會不會像上次那樣，周老師布置題目，讓我們以小組形式合作完成？」

「你是說小組一起做 PowerPoint 和演講嗎？」菲菲說。

小湄點了點頭，眼眉兒下弦月似地一彎，笑得甜甜的。

「描寫文？要是描寫一個人物，或是一個景觀，來討論⋯⋯這應該是個人自我發揮吧？」菲菲朝小湄望過來，「這可是小湄你的強項啊，你要多給大家一

些主意。」

小湄的臉兒微微地一紅，被人稱讚總是有點不好意思的，何況柳菲菲可是中文科代表啊！菲菲的語言有邏輯，是大家公認的，她們組能獲得周老師的嘉獎，當然離不開執筆者菲菲的功勞呀！

其實，也就是在這次訓練中，小湄才發現，原來寫議論文並不難，沒那麼高不可攀！不就是這樣——只要有理據，安排好各段，就一層一層推理下去——菲菲寫文章，真的很棒哦！

一個念頭，忽然從腦裏跳出來：原來，每一個人都有自己的長處，各不相同，人不可小覷！難怪爸爸說，「人不可貌相，海水不可斗量」呢！

於是她又想到，其實，自己喜歡寫日記，善於用描寫的手法，那這又如何呢，人人都可以學得的——既然自己可以透過小組活動得到啟發，那麼描寫文學習，不也一樣？

「要是老師再用這個方法，我是說，分組模式，那就太好了！」小湄說。

# （四）

「嗨！你們在説什麼？」

正説着，長腿可樂不知從哪兒鑽了出來。只見他嘿嘿笑着湊過身來，一點兒也不怕因為自己的冒冒失失，而有可能令小女生發出尖叫聲，或者受到不依不饒的嗔怪或責罵。

説也奇怪，平日裏，班上的小女生們，都不大介意這個瘦高小男生的冒失或不慎的，不知是因為仰慕他的長腿兒跑得快呢，還是因為他黝黑瘦削的臉上，那雙微凹的眼睛，總像是沒睡醒似的，倒令他笑起來顯得慈眉善眼的——人家呀，伸手不打笑面人嘛！

一見是可樂，菲菲笑了，她撫了一下滑落在肩頭的烏髮，臉上浮起一片紅暈，説道：「沒什麼呀，在講描寫文呢！」

「是啊，看會不會又像上回議論文功課，小組討論，一起做 PPT ？」小湄指手畫腳。

「這個……」長腿可樂不置可否地説，「我看不會吧？」

「為什麼？」小湄歪了歪腦袋。

「因為……你想想，寫議論文是要列舉論據、找很多資料的呀。寫描寫文呢，也是這樣的作法嗎？」長腿可樂比畫着。

「應該不是……」菲菲説。

小湄想了想，點頭。

「很難説，」菲菲忽然又否定了，「我們的周老師啊，從來都是不斷冒出新點子的。」

可樂笑起來：「不過，我認為寫描寫文啊，想像力很重要。」可樂有見解了。

「還有敍述！」小湄提醒道。「記敍文，就是重點在敍述與描寫。」

「是的，」菲菲肯定地點了點頭，「所以，議論與描寫，寫法不一樣！」

「那就是要去多觀察啦！老師不是一直這麼説的嗎？」可樂一臉認真，瞌睡似的眼睛，像是忽然開了一扇窗，亮起來了。

小湄眉毛一跳，生出念頭來：「説不定，周老師會帶我們去郊遊吧？」

「去郊遊？」可樂嚷叫起來，一拍掌：「那真是太好了，太期待了！」

「喂喂，別高興得太早了，」菲菲的眼睛瞪得大大的。「八字還沒有一撇的事兒，講得好像真的一樣！」

幾個人笑得哈哈聲。

上課鈴響了。

#  什麼是描寫？

描寫，就是用富於形象性和表現力的語言，具體描繪和刻畫人或物的面貌、情態。描寫的種類很多，透過這種方式，使讀者產生如見其人、如聞其聲、如歷其事、如臨其境的感覺。

## 描寫與敍述的區別

描寫與敍述常同時使用，很難截然分開。區別在於，敍述告訴人們存在了什麼，發生了什麼，是着重於介紹和交待，使之清晰明確；而描寫則告訴人們怎樣地存在的，怎樣發生的，着重於描繪與刻畫，使之生動傳神。

例如：

> 天空是這樣的藍，氣候是如此的暖！好久沒有這樣的日子了，那些天的冷雨清風帶給人的鬱悶與不爽，現在全都一掃而光了。春風和煦，陽光像溫暖的手，拂過校園裏的花花草草。小男生們的追逐，小女生們的歡叫，許多的喜悅，許多的快樂。春天，這就是春天！

上述片段以描寫為主，由天空的顏色、天氣、人物的活動，構成一幅描述春天景色的圖畫。

又例如：

正值課間小息。從欄杆上望下去，可以看到近處的大操場上，許多小男生小女生，奔跑着，叫喊着，追來追去。小食店那兒，原本三三兩兩的人，漸漸聚在櫃枱店前排起了長龍。長餐桌旁，圍坐着說說笑笑的男女生。

上述內容以敍述為主，在這裏可以找到記敍的要素，包括：

**時間**：課間小息；

**地點**：學校，包括操場、小食店等；

**人物**：男女學生；

**事情**：有些學生在叫喊、追逐，有些在小食店排隊買東西、有些在長餐桌旁圍坐說笑。

描寫手法，是文學創作中的主要表達手法之一。無論記敍文、抒情文、議論文、說明文，都離不開描寫。而在運用描寫或記敍的手法時，都可以夾以抒情的手法，這樣能令文章更富感染力。

# 好詞佳句摘錄

 **好詞**

- **一掃而光**：一下子掃除乾淨。
- **將計就計**：利用對方的計策，反過來對付對方。
- **刮目相看**：用新的眼光來看待。
- **揶揄**：帶有嘲笑和挖苦的意味。
- **竊喜**：暗自高興。

 **佳句**

- 春風和煦，陽光像溫暖的手，拂過校園裏的花花草草。

- 小湄點了點頭，眼眉兒下弦月似地一彎，笑得甜甜的。

- 原來，每一個人都有自己的長處，各不相同，人不可小覷！難怪爸爸說，「人不可貌相，海水不可斗量」呢！

# 寫作小練習

一、以下的內容,哪些是以描寫為主,哪些是以敍述為主的?在橫
　　線上寫上「描寫」或「敍述」。

1. 自從她們組的議論文《狗是人類的朋友》,獲得了周老師「最
　 佳作文獎」的稱譽後,她們「小飛象」羣的幾個小伙伴,關係
　 就越加親密了。

_____

2. 小湄把脖子一挺,側過臉來,衝着菲菲一笑,對菲菲的話中有
　 話毫不理會,直截了當地說:「我呀,現在也少一些多愁善感
　 啦,我開始用議論文的方式,寫日記了!」

_____

3. 小湄點了點頭,眼眉兒下弦月似地一彎,笑得甜甜的。

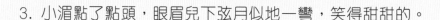

二、在閱讀本書第一章的故事(第 6 至 16 頁)時,你最喜歡哪一
　　句句子?為什麼?

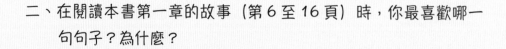

小學生必學的描寫文寫作

# 2 課堂來了個小人物

## （一）

一聽到鈴聲，走廊上所有的人，都朝各自的課室走去。

菲菲從樓上望下去，看到方才還是喧囂吵鬧的校園，一下子清靜下來。學生們三個一夥，五個一羣，紛紛朝教室的樓梯口湧來。操揚上，空空如也。她收回目光，朝長腿可樂打趣道：

「可樂，怎不見你去操場玩呢？你看他們追來追去的，多好玩。」

「是啊，你的腿兒長嘛⋯⋯」小湄附和道，吃吃地笑。

可樂滿不在乎地說：「那是小朋友玩的，瘋得滿頭汗⋯⋯」

「喲，你不是小朋友嗎？」菲菲說。

「我？我們可是高小生吶！」可樂嘿嘿笑。

咦，高小生，跟中小或初小生，真的不一樣耶！女生搗着嘴兒笑。長腿可樂快樂起來，一雙看似未睡醒的眼睛，發放出光彩。

在菲菲眼裏，長腿可樂是班上挺特別的男生。一臉的忠厚，平時話不多，說起話來像個斯文的老學究。而在同學的眼中，可樂個子高高，腿兒長長，是個體育健兒，自去年全校長跑比賽拿了名次後，就被大家的目光聚焦啦！於是他的綽號，又被冠上了新的名堂，變成「長腿可樂」啦！

哦，對了，你知道他的「可樂」綽號是怎麼來的嗎？那可是人家張家樂自己的創意——他自告奮勇，在同學跟前宣布：「我本人最愛喝的飲品，是可樂，可樂！知道嗎？所以，

就叫我『可樂』吧！」

當即有人就響應了，翹起大拇指說：「可樂，你這花名好正啊，好正，正！」

好多人都有花名——綽號，這不稀奇，但是自己給自己起綽號，雖說也有人這麼做的，但畢竟很有一種搞笑的味道吧。許多女生都喜歡別人叫自己的洋名，但小男生們是有所不同的呢，他張家樂原本沒有綽號，反而別出心裁，給自己找了一個！哈，可樂，他真是「超可愛」啊。菲菲這樣想。不過，可樂是怎麼想的呢，她不知道。

課室很快就安靜了，同學們都各就各位。

周老師從走廊那頭走來，來到了教室門口。

# （二）

「起立！」

班長張元滿飽滿的聲音，從座位上騰起。

「周——老——師——早——晨！」

所有的嘴巴都張開了，每一個字元都在期待着其

他跟隨者，以期整合成同一聲問候。

講台上的老師，照例是那一張招牌式的笑臉，慈祥而寬厚，眼角旁浮着細微的皺紋，沉實的眼眸裏，帶着老頑童似的快樂。

今天的中文課，周老師會帶給我們什麼驚喜呢？

他總會有出其不意的念頭，説話中，時不時跳出一句令人開腦洞的警言，會聽的人，就速速地記在本子上；而走神的人，當然捉不到老師的神采了——走漏眼的，你以為只是一個聲音，幾句話？哦，俄小湄可不這麼想。

俄小湄的課桌前，放着的，除了中文教材，還有筆記本。粉紅色的軟封皮，條條的格子，幾枚漂亮圖案的貼紙，柔軟而富彈性的紙頁——寫字時好舒服，吸引她總想往上寫點什麼。

「大家聽過孔乙己的故事嗎？」老師在問。

俄小湄笑了。老師啊，你今天要講這個老土的故事嗎？那是魯迅筆下的人物，這篇小說不是早就推薦我們看過了嗎？

在周老師的閱讀習慣裏，他只找自己認為好的書，而從不設定難度。比如高中教材中的文本，他也只當文學作品，早早地放在壁報「閱讀每一天」的教師推薦欄上了。你喜歡讀什麼，只要你啃得動，就去看唄！

《紅樓夢》也好，《百年孤獨》也罷，他才不攔你呢！說那是高年級看的，你要長大些才看？哈，不。他不給讀書分級。

「《紅樓夢》大觀園裏的女孩子，那些出口成章的、妙趣橫生的，你以為她們多大年齡——跟你們差不多！」驚訝得俄小湄，當即O了嘴。

只是，周老師今天忽然把孔乙己拉了出來，想做什麼？他葫蘆裏賣的是什麼藥？

俄小湄尋思着，低着頭，不作聲。

可是，周老師巡視的眼睛，偏偏就盯上了俄小湄……

「俄小湄同學，你還記得這個《孔乙己》的故事嗎？」

小湄一驚，沒料到還沒開講新課，老師就來這麼一招。由於沒有心理準備，她一下子緊張起來。老師

他這是要考我呀？她微微地挪了挪身子，手心微微有汗，腦子裏迅速地找着詞兒，一邊組織思路，一邊從課桌邊慢慢立起身來。

## （三）

「孔乙己，是魯迅的小說中的人物，他是一個讀書人……喜歡喝酒。」小湄有些支支吾吾。

見她的窘樣，有人不禁捂嘴笑。

周老師和善地笑了，他繼續問道：「你記得這個人物的形象嗎，書中對他的描寫？」

小湄想了一想，忽然冒出一句：「多乎哉，不多也……」

同學中有的人忍不住笑了，有的人卻露出一臉茫然的神色。

周老師示意俄小湄坐下。

他向大家問道：「為什麼，俄小湄同學剛才的回答中，她能回憶起小說人物孔乙己，並能想起他的一句話呢？」

「因為她記性好！」有人突口而出。

「小湄讀書，過目不忘……」

周老師笑了：「還有呢？」

「語言……令人有印象。」小湄不由得說道。

她忽然明白了周老師的用意。描寫，不單在外貌上，也在語言上！生動的、有趣的、帶有個性化的語言——那孔乙己說話時，總帶着令人發笑的「之乎者也」，他跟小鎮上的人不一樣，他是個窮書生，他有「軟肋」……

周老師用讚揚的目光向小湄示意。

「小湄說得對，是的，人物的語言。有趣而生動的描寫，會令人記憶深刻。」周老師說着，打開了投影器。

「今天我們將要進入的是如何寫描寫文，不過，我想先給大家講一個故事。」

「是孔乙己的故事嗎？」有人問。

老師笑了，點點頭。

「這是魯迅的一個短篇，故事情節非常簡單，就是在魯鎮的一家咸亨酒店，有一個叫孔乙己的穿長衫

的人，常到店裏來喝酒。他的一舉一動，都體現了讀書人的斯文，而他的窮困潦倒，又令他捉襟見肘，時時露出窮酸和做事不地道的模樣。」

周老師說着，就揭開了幻燈片的下一頁，一個穿長衫的老書生，躍然熒幕。同學們都把目光注視到投

影畫面上。

「大家留意到沒有，他是穿長衫的，穿長衫正是這位愛面子的讀書人的裝扮特色，而周圍穿短衫的是工人。」

「小說是透過一個旁觀者的眼睛，來看這位落魄的人的。沒有錢喝酒，卻努力想不賒賬，他付錢時的動作，認真的表情，一個一個排錢的動作，都帶有讀書人的規矩。銀包癟，臉上無光，但酒是要喝的，迂腐而有禮的對話，令周圍的人時時發出笑聲，他也偶爾會將自己不多的一小碟茴香豆，發給圍在旁邊的小孩子，說『不多不多，多乎哉，不多也』……」

「不多不多，多乎哉，不多也！」有人學起來。

有人笑：「喂，不要鸚鵡學舌啦！」

周老師繼續說：「他靠替人寫字掙點錢，卻也會因貧困而偷竊，因而當人

家揶揄他的時候，他會很尷尬地表示，偷書不是偷；而被人打折了腿時，他又說是自己跌的……」

同學的臉上露出同情又好笑的表情。

「一直到了最後，他再也沒有出現在酒店了。」

小說結束了。現在輪到大家說話。

「他去了哪裏了？」有人問。

「肯定死了啦！」

「否則他肯定又來喝酒的。」

「來一杯酒，多乎哉，不多也……」

# （四）

「描寫，是一種寫作手法。它可以用到各種文體中。比如，小說，故事，散文……所以，描寫，不光寫描寫文時用，其實，記敍文中有描寫，說明文中有描寫，議論文中也有描寫，描寫是好重要的寫作手法呢！」

對呀，上次寫「動物與人」的議論文時，好多同學都用了描寫！小湄想。

菠蘿包説：「我還以為，描寫文，就是專門寫描寫……」

「哦……？」周老師望着菠蘿包，用眼神鼓勵他再説下去。

「我是説，我以為……」菠蘿包支吾起來。

「你以為，描寫就只是寫描寫文的時候才用的，是吧？」周老師説。

「嗯，大概是的。」

「描寫，是一種方法，它是一種形象思維，人物的外貌、語言、行動、心理，都可以透過描寫這種手法呈現出來，從而塑造人物形象。你想想，在你頭腦中的一個形象，怎麼才能傳遞到別人腦中去呢？那你就要來描述啦——他的相貌是什麼樣的、他説話的內容和説話時的模樣、他做事的方式，還有，他心裏在怎麼想的……是嗎？」

嗯，有人點頭。

「剛才俄小湄同學想起了孔乙己的話語，這正是小説人物的富個性的語言，才會令讀者記憶猶新。」

俄小湄自信一笑，立即打開桌前的筆記本，刷刷

地記起來。

周老師說：「怎麼將一個小鎮上的小人物，送到讀者的腦海中呢？我們看到，作品透過大量的描寫，將一個愛面子的窮書生寫活了。」

「你們看，豐富的個性化語言，就能展現人物性格呀——這就叫語言描寫。」周老師用手指點着自己的嘴。

「語言描寫……」所有的眼睛隨着老師的手指轉。

「對了，三言兩語，就把魯鎮上的這麼個窮書生，送到了我們的課堂裏。」老師的手指在空中劃了一下，像是把古紙堆裏的孔乙己召喚了出來似的。

大家為周老師風趣的話，快樂地笑起來。

周老師真棒！俄小湄不能不佩服這位中文老師。不用翻開書，他已經把什麼是描寫文以及用法特點，全都講了！

這個忽然來到課堂上的小人物——孔乙己，真是有趣，同學們也在不知不覺中學習到新知識，這真叫快樂的學習呢。

#  直接描寫和間接描寫

描寫可分為直接描寫和間接描寫兩種。

## 1. 直接描寫

直接描寫，指直接描繪事物的形態和特徵，也稱為正面描寫。將人物的心理、行動、語言，以及人物所處的環境、氣氛等作正面描寫，使讀者如親臨現場、親眼見到那個人，產生親切感。例如：

> 非非笑了，她撫了一下滑落在肩頭的烏髮，臉上浮起一片紅暈。

## 2. 間接描寫

間接描寫，又稱為側面描寫，是通過描繪其他事物，或由第三者的話語、評價，來烘托、映襯、表現描寫對象的特徵。間接描寫手法顯得含蓄，能給人想像空間，從而產生感染力。例如：

> 在非非眼裏，長腿可樂是班上挺特別的男生。一臉的忠厚，平時話不多，說起話來像個斯文的老學究。

直接描寫，是直截了當地描述事物，使人一看就明白，用不着多想。間接描寫則不同，人物究竟是什麼樣子，作者不告訴讀者，而是從別人的嘴裏，或從別人的動作上間接表現出來。直接描寫和間接描寫通常會同時使用。

# 襯托

　　襯托這種寫作方法，是為了突出主要事物，而用其他事物來作陪襯，以使主要事物更鮮明生動。它分為正襯和反襯兩種。

## 1. 正襯

　　正襯，就是運用相似、相關的事物，從正面襯托主體事物，使主體事物更鮮明突出。例如為了突出鮮花之美，就用綠葉來襯托，也就是說，以美襯美，以好的襯托更好的。又如故事裏提到：

> 　　非非說：「這可是小湄你的強項啊，你要多給大家一些主意。」
> 　　小湄的臉兒微微地一紅，被人稱讚總是有點不好意思的，何況柳非非可是中文科代表啊！

　　菲菲是中文科代表，她和小湄在中文科都有不錯的表現，用菲菲來襯托小湄，就是正面襯托，使小湄的形象更鮮明、具體。

## 2. 反襯

　　反襯，就是根據主體事物與陪襯事物相反或不同的特點，從反面來襯托主體事物，使主體事物更鮮明、突出。也就是說，以矮襯高，以壞襯好。比如用淤泥襯托白荷花，就是以醜襯美。又例如：

> 　　下課了，當然是要走出課室，透透氣的。往往上課時，總有死氣沉沉的感覺。但是，周老師的課就不同啦，他總能調動起同學的勁頭，也真說不出他的妙招在哪裏呢。

　　這是用學生在上其他課時「死氣沉沉」的感覺，來反襯周老師課上的活躍氣氛，突出周老師的魅力，學生喜歡上他的課。

# 孔乙己 (節選) 魯迅

孔乙己是站着喝酒而穿長衫的唯一的人。他身材很高大；青白臉色，皺紋間時常夾些傷痕；一部亂蓬蓬的花白的鬍子。穿的雖然是長衫，可是又髒又破，似乎十多年沒有補，也沒有洗。他對人說話，總是滿口之乎者也，教人半懂不懂的。因為他姓孔，別人便從描紅紙上的「上大人孔乙己」這半懂不懂的話裏，替他取下一個綽號，叫作孔乙己。孔乙己一到店，所有喝酒的人便都看着他笑，有的叫道，「孔乙己，你臉上又添上新傷疤了！」他不回答，對櫃裏說，「溫兩碗酒，要一碟茴香豆。」便排出九文大錢。他們又故意的高聲嚷道，「你一定又偷了人家的東西了！」孔乙己睜大眼睛說，「你怎麼這樣憑空污人清白……」「什麼清白？我前天親眼見你偷了何家的書，吊着打。」孔乙己便漲紅了臉，額上的青筋條條綻出，爭辯道，「竊書不能算偷……竊書！……讀書人的事，能算偷麼？」接連便是難懂的話，什麼「君子固窮」，什麼「者乎」之類，引得眾人都哄笑起來：店內外充滿了快活的空氣。

聽人家背地裏談論，孔乙己原來也讀過書，但終於沒有進學，又不會營生；於是越過越窮，弄到將要討飯了。幸而寫得一筆好字，便替人家鈔鈔書，換一碗飯吃。可惜他又有一樣壞脾氣，便是好吃懶做。坐不到幾天，便連人和書籍紙張筆硯，一齊失蹤。如是幾次，叫他鈔書的人也沒有了。孔乙己沒有法，便免不了偶然做些偷竊的事。但他在我們店裏，品行卻比

**肖像描寫\***

**語言描寫\***

**間接描寫**

**行動描寫\***

**間接描寫**

**語言描寫\***

**間接描寫**

別人都好，就是從不拖欠；雖然間或沒有現錢，暫時記在粉板上，但不出一月，定然還清，從粉板上拭去了孔乙己的名字。

孔乙己喝過半碗酒，漲紅的臉色漸漸復了原，旁人便又問道，「孔乙己，你當真認識字麼？」孔乙己看着問他的人，顯出不屑置辯的神氣。他們便接着說道，「你怎的連半個秀才也撈不到呢？」孔乙己立刻顯出頹唐不安模樣，臉上籠上了一層灰色，嘴裏說些話；這回可是全是之乎者也之類，一些不懂了。在這時候，眾人也都鬨笑起來：店內外充滿了快活的空氣。

直接描寫

……

有幾回，鄰舍孩子聽得笑聲，也趕熱鬧，圍住了孔乙己。他便給他們吃茴香豆，一人一顆。孩子吃完豆，仍然不散，眼睛都望着碟子。孔乙己着了慌，伸開五指將碟子罩住，彎腰下去說道，「不多了，我已經不多了。」直起身又看一看豆，自己搖頭說，「不多不多！多乎哉？不多也。」於是這一羣孩子都在笑聲裏走散了。

*肖像描寫、語言描寫、行動描寫：請參見第 53-55 頁。

## 寫作小貼士

描寫，是非常重要的一種寫作手法。它不僅應用於記敍文、抒情文中，而且在議論和說明的文字裏，也時常作為一種輔助的手段出現。而在文學創作中，更是離不開描寫的手法。

生動而形象的語言，能令作品中的人物栩栩如生，逼真場景歷歷在目。因而，我們在閱讀作品時，除了欣賞作品帶給我們閱讀的愉悅感外，更應低頭細思，為什麼作者能把孔乙己這個人物寫得如此傳神？無論是外在形象的描寫，還是具體的語言細節，或動作，或神態，都寫得入木三分，活靈活現。

這種令人物呼之而出的描寫手法，從哪裏培養而來的呢？它是來自作者長期的文學閱讀，以及水到渠成的寫作積累。

## 好詞佳句摘錄

- **滿不在乎**：一點兒也不在意。不把別人的事放在心上。
- **自告奮勇**：自己主動去要求完成一個任務。
- **出口成章**：說出話來即成文章，形容才思敏捷。
- **妙趣橫生**：形容趣味無窮，妙不可言。
- **鸚鵡學舌**：比喻人家說什麼，他就跟着說什麼。

- 方才還是喧囂吵鬧的校園，一下子清靜下來。

- 講台上的老師，照例是那一張招牌式的笑臉，慈祥而寬厚，眼角旁浮着細微的皺紋，沉實的眼眸裏，帶着老頑童似的快樂。

- 孔乙己是站着喝酒而穿長衫的唯一的人。他身材很高大；青白臉色，皺紋間時常夾些傷痕；一部亂蓬蓬的花白的鬍子。穿的雖然是長衫，可是又髒又破，似乎十多年沒有補，也沒有洗。

# 寫作小練習

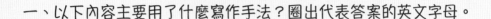

一、以下內容主要用了什麼寫作手法？圈出代表答案的英文字母。

1. 可樂滿不在乎地說：「那是小朋友玩的，瘋得滿頭汗……」

   A. 直接描寫　　　　　B. 間接描寫

2. 在同學的眼中，可樂個子高高，腿兒長長，是個體育健兒，自去年全校長跑比賽拿了名次後，就被大家的目光聚焦啦！於是他的綽號，又被冠上了新的名堂，變成「長腿可樂」啦！

   A. 直接描寫　　　　　B. 間接描寫

3. 小湄一驚，沒料到還沒開講新課，老師就來這麼一招。由於沒有心理準備，她一下子緊張起來。老師他這是要考我呀？她微微地挪了挪身子，手心微微有汗，腦子裏迅速地找着詞兒，一邊組織思路，一邊從課桌邊慢慢立起身來。

   A. 直接描寫　　　　　B. 間接描寫

4. 好多人都有花名——綽號，這不稀奇，但是自己給自己起綽號，雖說也有人這麼做的，但畢竟很有一種搞笑的味道吧。許多女生都喜歡別人叫自己的洋名，但小男生們是有所不同的呢，他張家樂原本沒有綽號，反而別出心裁，給自己找了一個！

   A. 正襯　　　　　　　B. 反襯

二、試以《我的家人》為題，運用直接描寫和間接描寫手法，
　　寫一篇描寫文。

_____

_____

_____

_____

_____

_____

_____

_____

_____

_____

_____

_____

_____

_____

# 惟妙惟肖的扮演

## （一）

「現在，輪到大家了，從具體的故事，上升到理解的層面。」周老師胸有成竹地說道，「請打開教材，自己看一遍，然後回答我的問題。」

教室裏一下子安靜下來，一片翻動書頁的聲音。

有人說，如果你喜歡一個老師，你就連他上的課都喜歡了。也許，是因為你喜歡一門課，就連那老師也喜歡了。不過，這可能又是一個先有雞，還是先有蛋的問題。總之，這個班的同學都特別喜歡上周老師的中文課。

什麼叫描寫？

什麼叫人物描寫？

還有，肖像描寫，行動描寫，語言描寫……

不用說，對於描寫上的定義，大家都能理解。書

上寫得很清楚呀！但老師才不想要你死背定義呢！如何能融會貫通呢，你看，立在講台前的周老師，眼睛一轉，又有新點子了——來來來，小組活動！

「小組活動，有什麼好處呢？」老師問。

布思思舉手，口齒伶俐地說：「交流，互相學習。」

坐在她身後的馬莉，馬上補了一句：「激發靈感！」

「說得很好！」周老師用讚許的眼睛，朝她倆掃了一眼，接着說，「假如你有一個橙子，我也有一個橙子，我們彼此交換，得到的是什麼？」

「還是一個橙子呀！」一個小男生大聲說。

「是呀，」老師一笑，「那麼，如果你有一個主意，我也有一個主意，彼此交換，那麼有什麼？」

所有的人眼睛都亮了：「兩個主意啊！」

「對啦！」周老師一拍手，說，「我們就會多了一個主意，多了一種思路。是不是？布思思和馬莉說得好，討論可以令我們互相學習，啟發，啟動思考。」

說得全班人都積極起來，得到周老師的讚揚，是令人愉悅的事。

# （二）

現在行動吧！

不用移動位子，只將前後左右的同學，組為一個區域。抓緊時間，說吧，演繹描寫手法其中的一個概念！然後，把你們的描寫句子，講給大家聽。

這下可好玩了！

聽明白了沒有？老師的要求很簡單，寫一段句子就行！創意，創意！圍繞着我們的校園環境！

哇,有挑戰性哦!

周老師一布置完,班上熱鬧起來。俄小湄朝菲菲的方向瞄了一眼,正好菲菲也正朝自己看過來。她倆的座位中間隔了一排課桌,平日,只有下課的時候,她們才能走得近。

所有的人都動起來,到處是椅子挪位的聲音,前面的人轉過身,左右的人聚攏過來,一下子就有了好幾個小組。

「怎麼寫啊，這麼短的時間……」聽見有人在着急地説。

「怕是寫不來吧？」旁人低語，嬉皮笑臉。

「快點啦，別廢話了。」誰在催促。

「好難寫……」也有叫苦的。

周老師説了，要捕捉住人物特徵，肖像，行為，語言，心理……寫我們班的誰好呢？大家的眼睛到處看，生怕被別人發現了自己的「觀察」。有的乾脆趴下來，幾個小腦袋湊在一起，你執筆，我説話，一邊寫，一邊樂。

好興奮，嘰里呱啦的議論，修改，討論。

以同學為描寫對象，好玩，這實在是個好主意。似乎很多人喜歡用「肖像描寫」這一條。周老師並不刻意強求，不規定哪個組只能做哪種描寫——自由發揮吧，創作！

# （三）

很快，有人就寫出句子了。

「張元滿是我們的班長，他有一個圓頭圓腦，很愛說笑，同時，也是一位義正詞嚴的風紀隊長！」

引來一陣笑。快樂的寫作，熱烈的情緒。

「菠蘿包個子雖小，卻胃口很大，能一頓吃十個菠蘿包！」

這是描寫嗎……？

菠蘿包抗議了：「喂喂，我沒有吃過十個包，哪個有這麼大的肚……」

「是誇張嘛！」

有人替造句的小組解圍。

菠蘿包臉一紅：「這不是誇張，是誇大！」

一句話，惹來哄堂大笑。

俄小湄也「撲哧」一聲，笑出聲來——這位包永文小同學啊，你的中文好厲害哦！竟然能將兩個近義詞「誇張」與「誇大」——如此細微的差別，分得這麼清楚！這真可謂「急中生智」啊！俄小湄看到菲菲也在捂着嘴笑。

現在，輪到靠牆角的一組了。只見張元滿站起來，大聲道：

我班有個張家樂，
田徑比賽大贏家，
長腿一甩跑得快，
人人見了人人誇！

這才叫創意啊，是不是？人家小組竟然把老師要求的人物描寫，作成了一首打油詩的形式！何況，透過張元滿那鏗鏘有力、充滿感染力的聲音，朗讀出來，有節奏，又富表演性。一下子把人給吸引住了。

平時，張元滿就表情多多，現在他有意將諧趣掩於認真，便產生了娛樂性的效果，一副滑稽的模樣，令所有的人都不由自主地笑起來。有的人笑得前仰後合的。開心的人，拍掌的也有，拍桌子的也有。坐在前排的轉過身，靠在窗邊的立起來，就連平時不苟言笑的薯仔、性情木訥的大豆，這時也忍不住嘻嘻地直樂。教室裏熱鬧一片。

長腿可樂看到比利正朝他翹起了大拇指，意思是說，瞧，怎麼樣，咱們組寫得不賴吧？

長腿可樂咧了咧嘴，他那一副哭笑不得的神態，更令大家笑得樂不可支。只有周老師站在窗邊，他是忍住不笑吧，只見他把雙臂抱在胸前，也不說話，由着大家自由發揮。

## （四）

看來，同學對人物的描寫，都信心爆棚了。大家你一言，我一語，呱呱呱呱說個不停，寫到高興處，別人還沒有笑，自己已經笑到趴在課桌上了。

其實，醜化也好，美化也罷，這都不重要，全情投入的寫作練習，調動起學習的情緒，誰能說學中文枯燥呢？

笑夠了，聽聽周老師怎麼說？

將桌椅歸位，把注意力拉回到書本，看一看白板上周老師的 PPT，來吧，聽周老師如何解釋描寫——

原來，描寫文寫起來，是有章法的！

這才知道，描寫文的學習有一個套路，有一些說法，才知道，寫一篇好作文，字裏行間，留下了一個個足印，那足印是有跡可尋的，懂嗎？

一堂課時間，怎麼神不知鬼不覺地，一晃就過了呢？難怪說，愛因斯坦的相對論神奇呢！

「有沒有不懂的地方？請提出來。」

逢到聽到老師講這樣的句式，就是到了這節課結束的時間啦！

「懂啦！」

教室裏一片響亮的回聲。

——別回答得這麼快好不好？周老師作出一種疑惑的表情：「是肚子餓了，盼望着快點吃午餐了吧？」

笑聲像音符似的，在課桌上跳動。

「那麼，好吧，布置功課。」老師說，「作文一篇。」

說着，周老師在白板上，刷刷地寫下——

通過一個事件，描寫人物。

「這……」一片嘀咕聲。

「要寫題目嗎？」有人在問。

「當然要啊——題目自擬。」老師看了一下大家，解釋道。「人物嘛，你可以寫爸爸，或媽媽，也可以寫同學，或朋友、鄰居，或者就是商店的一個售貨員……」

一些人面露喜色，似乎在說，這不太難寫嘛。

「要留意的是，透過一件事來寫，知道嗎？不是

通過一個事件，描寫人物

拿起筆，就鼻子眼睛地寫開了……」

哈哈哈，周老師的話真有趣。

笑聲過後，老師接着問了一句：「有問題嗎？」

「沒……有。」

是的，沒有問題，隔着一個長長的周末呢！可以慢慢想，構思，然後寫。

「學習嘛，就得擠時間。」周老師説。

不過，那些愛打遊戲機的小男生，整天想着趁放假打多人遊戲，這下子一定在撓頭了──沒時間好好玩耍啦！

不過，未必吧？在俄小湄看來，會玩的人，也會學習。爸爸就是這麼告誡她的。

周末，作文……

小湄忽然心生一念。

# 人物描寫

透過對人物的外貌、語言、行動、心理等等的描寫，來勾畫人物形象，呈現人物的性格特徵及內心世界。人與人各不相同，人物描寫，就是要刻畫這一個人物的個性特點，令讀者產生深刻印象。

人物描寫，包括有肖像描寫、語言描寫、行動描寫、心理描寫等。魯迅的小說《孔乙己》，採用了人物描寫的諸多手法。例如：

> 孔乙己是站着喝酒而穿長衫的唯一的人。

人物描寫，要抓住這個人的本質特徵。「站着喝酒」，顯得寒酸而自尊心強；「穿長衫」，是當時讀書人的打扮（有別於做工人的「短衣幫」）；雖窮困而位卑，卻清高而木訥。於是成了小鎮人眼中「唯一」的風景。

這句話，可以說就是孔乙己這位窮書生的總體形象描寫。

## 1. 肖像描寫

肖像描寫，也叫外貌描寫，就是描繪人物的面貌主要特徵。它透過人的音容笑貌，服飾舉止，風度姿態等等，來揭示人物的個性特點。描寫肖像時，可以直接描寫人物的靜態或動態，也可以間接地描寫。

例如：

他身材很高大；青白臉色，皺紋間時常夾些傷痕；一部亂蓬蓬的花白的鬍子。穿的雖然是長衫，可是又髒又破，似乎十多年沒有補，也沒有洗。

這裏對孔乙己的肖像描寫，細緻入微，寥寥幾筆，勾畫出的是一個窮困潦倒的書生形象。即使生活窮困，衣服破爛，孔乙己也不放棄這套代表着讀書人身分的長衫，可見他守舊、固執，又有很強的自尊心。

## 2. 語言描寫

語言描寫，即通過人物講的話，來表現人物的內心情態及性格特徵，以使讀者「如聞其聲，似見其人」。例如：

孔乙己便漲紅了臉，額上的青筋條條綻出，爭辯道，「竊書不能算偷⋯⋯竊書！⋯⋯讀書人的事，能算偷麼？」接連便是難懂的話，什麼「君子固窮」，什麼「者乎」之類，引得眾人都哄笑起來：店內外充滿了快活的空氣。

別人取笑孔乙己偷了人家的書，孔乙己卻回應說「竊書不能算偷」，在遮掩之間，揭示了窮書生落寞與迂腐的窘態。這些話語配合人物的身分，有助使人物形象更鮮明、突出。

而且，語言描寫與其他人物描寫手法可相輔相成。「漲紅了臉」、「青筋條條綻出」，透露出人物極力挽回面子的心理。加上一番「狡辯」的說辭，使人物栩栩如生，令讀者印象深刻。

## 3. 行動描寫

行動描寫，也叫動作描寫，是指透過描寫人物的行為動作，來展示人物性格的一種寫作方法。例如：

「温兩碗酒，要一碟茴香豆。」便排出九文大錢。

孔乙己看着問他的人，顯出不屑置辯的神氣。

人的所思所想，都會外化為行動，而人的行動，又是伴着他們的話語、表情和心理活動來呈現的。所以，我們不能單純地去描寫行動。

孔乙己喝酒，一喝就是兩碗，又把九文大錢「排」出來，有炫耀的意味，而那「不屑」的神氣，展示他自命清高的心態。

## 4. 心理描寫

心理描寫，就是把人物的內心獨白和所思所感，直接描述出來，以揭示人物的性情及心理特徵。人物的悲與歡，喜與憂，或糾結，或彷徨，都能在描寫中，一覽無餘。例如：

小湄忽然明白了老師的用意。描寫，不單在外貌上，也在語言上！生動的、有趣的、帶有個性化的語言——那孔乙己說話時，總帶着令人發笑的「之乎者也」，他跟小鎮上的人不一樣，他是個窮書生，他有「軟肋」……小湄想着，狡點地一笑。

我們平時寫日記，將自己的所思所感寫下來，其實，這就是一種心理獨白的寫作。所以，不要小看日記的功能，它不僅是俄小湄的習慣，也可以成為你的心靈伙伴。

**好詞佳句摘錄**

 **好詞**

- **融會貫通**：將知識融合領會，全面理解。
- **義正詞嚴**：道理正當公允，嚴正的措詞。
- **急中生智**：緊張狀態下突然想出的對應辦法。
- **不由自主**：自己控制不住自己似的。
- **前仰後合**：身體前後晃動，不能自持的樣子。

**佳句**

- 所有的人都動起來，到處是椅子挪位的聲音，前面的人轉過身，左右的人聚攏過來，一下子就有了好幾個小組。

- 大家的眼睛到處看，生怕被別人發現了自己的「觀察」。有的乾脆趴下來，幾個小腦袋湊在一起，你執筆，我說話，一邊寫，一邊樂。

- 菠蘿包個子雖小，卻胃口很大，能一頓吃十個菠蘿包！

# 寫作小練習

一、分辨以下內容運用了肖像描寫、行動描寫、語言描寫，還是心理描寫，填在橫線上。（提示：答案可多於一項）

1. 大家你一言，我一語，呱呱呱呱說個不停，寫到高興處，別人還沒有笑，自己已經笑到趴在課桌上了。

_____

2. 講台上的老師，照例是那一張招牌式的笑臉，慈祥而寬厚，眼角旁浮着細微的皺紋，沉實的眼眸裏，帶着老頑童似的快樂。

_____

3. 「你們看，豐富的個性化語言，就能展現人物性格呀——這就叫語言描寫。」周老師用手指點着自己的嘴。「語言描寫……」所有的眼睛隨着老師的手指轉。「對了，三言兩語，就把魯鎮上的這麼個窮書生，送到了我們的課堂裏。」老師的手指在空中劃了一下，像是把古紙堆裏的孔乙己召喚了出來似的。

_____

4. 由於沒有心理準備，她一下子緊張起來。老師他這是要考我呀？
   她微微地挪了挪身子，手心微微有汗，腦子裏迅速地找着詞兒，
   一邊組織思路，一邊從課桌邊慢慢立起身來。

   _____

二、如果要描寫你們班的一位同學，你會怎樣寫？試從肖像、行動、
   語言、心理四方面，記下要點。

| | |
|---|---|
| 肖像描寫 | |
| 行動描寫 | |
| 語言描寫 | |
| 心理描寫 | |

三、試以《我的同學＿＿＿＿＿＿》為題，運用不同的人物描寫手法，
　　寫一篇描寫文。

_____

_____

_____

_____

_____

_____

_____

_____

_____

_____

_____

_____

# 4 約上太平山

## （一）

周末是令人愉快的。

尤其是這樣的一個陽光明媚的周末！

在俄小湄眼裏，三月是一年中最美的時節。

近年的氣候變化，讓她感覺地球像是病了，忽而大夏天凍得要蓋被子，忽而大冬天暖得如沐春風。新年時，小湄穿着裙子逛花市，輕巧漫步之餘，忽然卻擔心起來——這奇怪的暖熱氣候，是否預示老天爺有什麼陰謀？原該是冰雪嚴寒的冬季吧，主宰世界的神，如何改變着規則，將一個鶯啼蝶舞的虛假狀態，呈現在我眼前呢？

虛假狀態……她為自己生出這樣的一個念頭，嚇了一跳。

她喜歡胡思亂想，總會有一些天馬行空的念頭。

昨晚，她伏在小日記裏，寫着她對三月裏溫暖氣候的感懷。

咦，是不是每一個人都有她這樣的感覺呢？對三月的鍾情，古代文人都有過不少的描摹呢！比如「好雨知時節，當春乃發生」，「春江潮水連海平」，「春來江水綠如藍」，這些都是說春天的！

對於寫日記，俄小湄總有一股永遠的親近感。但是，不是每一個人都喜歡寫日記的呀！比如班上的同學，有幾人會覺得需要寫日記？哈哈，能把老師要求的寫周記的任務完成，就

很不錯啦！

而周老師呢，也不大強調大家非得寫日記不可的。就像看書，他從來不認為，閱讀需要在推動——看書是件愉快的事呀，就像吃雪糕，需要「推動」嗎？

喲，周老師是一個怎麼樣的人呢？率性的人？不，這麼大年紀了，用這個詞兒，有點不對路。那麼，真情流露——這個倒是可以形容他的！有一回他說，他總是要求大家看書時，要多留意字詞用語什麼的，但是，其實他自己看書，就是圖一個快字，他當年讀書啊，一天一本！那些好詞好句兒，不是一邊看一邊作筆記的，而是它們像好朋友似的，自己跑進他的腦子裏去的！

這話聽起來，真有點兒吹牛的味道吧？一定有同學會這麼以為的。但是，俄小湄聽明白了，她有幾分認同呢！因為，小湄喜歡做讀書筆記，只是，那是在她看過一遍，再看第二遍的時候——遇到好故事好小說，她才翻看第二遍的。而這一遍，她一定是要細細品嘗的。

# （二）

讀書有技巧——這話聽來，有點門兒。

只是，大概各人都有自己的技巧吧？

天下的人，很多很多，各不相同。一人一世界，一葉一枯榮……不知怎麼地，忽然想起這句話來，也忘了在哪裏看到的。也真像周老師説的，閱讀後，那些好句好詞，是會自己跑到我的腦子裏來的！

這就是所謂的「水到渠成」吧？

這麼想着時，她微微地笑了。

她感覺腳下有動靜，小貓麥可兒蜷縮到她的足旁了。好乖的貓兒——野貓變家貓，誰説做不到呢？

想到麥可兒是一隻撿回來流浪貓，她就心裏好感動。

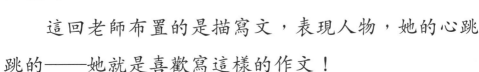

人不也一樣嗎，很多事是可以改變的。

這回老師布置的是描寫文，表現人物，她的心跳跳的——她就是喜歡寫這樣的作文！

不過，她不急，她得好好想想，如何來完成它。

真要寫一篇出色的描寫文，還是有一點壓力的。

她彷彿看到周老師期待的表情，看到他在她的作業本上，留下的眉批。她得寫好它。

於是，一放學，她就跟好朋友菲菲說：「我們去太平山，好不好，周末？」

「明天？」菲菲說。

「這麼好的天氣，不去玩，豈不可惜了嗎？」小湄眉毛跳了跳，拉了一下好友菲菲的衣角：「不是要寫描寫文嗎？」

菲菲瞟了她一眼，明白了──俄小湄是想去尋找靈感啊！

說起靈感這玩藝兒，菲菲感覺自己與小湄不一樣。在小湄身上，似乎處處時時都有靈感，她像一隻不安的小兔子，一顆心總是在蹦蹦跳跳。而她的熱烈的單純之心，如透明的玻璃杯，總能將熱能傳遞給人，感染人。這樣的女孩子，大家怎麼不喜歡她呢！而菲菲自己呢，好像那個靈感不太願意隨隨便便來敲她的門，比起小兔子般的小湄，菲菲更像一隻啃竹子

的小熊貓，做什麼都慢條斯理，不慍不火的，菲菲覺得自己比小湄差多了，要是能有小湄的靈感，那就太棒了！

　　但是，她倆是好朋友，也許，是一種互補吧。菲菲喜歡聽她説話，她也喜歡聽菲菲説話。老師説要寫人物，這不是現成的素材？

　　菲菲心裏有底了，這回嘛，不能輸給小湄啦！

# （三）

　　於是，菲菲在小飛象羣裏説話了：「明天去太平山玩，有沒有響應的？」

　　然後，又補了一句：「發起人俄小湄。本人是：第一號響應者。」

　　果然，很快就來了第二號、第三號了……

　　真沒想到，一呼百應，羣裏的人都冒泡泡了：去呀！一起去！

　　比利説：「坐纜車上山，很好玩的！」

　　馬莉説：「我想一路步行，有一條山頂環迴步行徑！」

　　長腿可樂説：「這個主意好！正好可以飽覽羣山，觀賞風景啊。」

　　一言為定！

　　去太平山，得乘纜車，這本身就是一件讓人開心的事兒！以前去過多次山頂，那都是跟家人，或者親友。今次，不一樣哦！

　　小湄與菲菲比約定時間，提前一小時到。兩人想

一起吃早餐，這一小小的錦上添花的插曲，令兩個好朋友快樂無比。

天氣晴朗，太陽公公早早地就把笑臉送上來了。周末的中環，雖然沒有平日的人滿為患，少卻許多白領上班族，可是卻多了許多旅途中的皮箱客。

速食店燈光亮堂，人來人往中，有坐着的，有站着的，有排隊領餐的，也有落單訂餐的。那忙碌的職員，一刻不

停地收拾着，嘴裏不斷招呼着客人：「歡迎光臨！」假日的中環，一樣的熱鬧。

兩個女孩子找到一個僻靜的位子。菲菲喜歡雞蛋和薯餅，小湄也跟着叫了一份，配上一份凍可樂。而菲菲呢，要的是咖啡，還是熱的呢——這真有點「媽媽的味道」呀，小湄瞪了一眼，並沒作評論。

可是，菲菲卻像猜透了小湄的心思似地，抿了一口咖啡，放下，然後慢條斯理地說：「有這麼一種說法——是資料研究哦，說餐後喝凍飲對身體無益。」

溫言婉語的，菲菲說話的聲音，總是那麼好聽。

小湄一笑，說道：「習慣呀，一直這樣吃——我媽媽也說過類似的話呢！」說着，她格格地笑起來。

菲菲忽然想到什麼，連忙說：「對了，我昨晚看到一篇散文，是描寫文哦，講的就是太平山！」

「這類文章，應該很多人寫吧？」小湄說。

「這篇不同，用的詞彙好勁！」菲菲說。「你一定喜歡。」

一聽「用詞」，小湄有了興趣。

「是嗎，給我看看！」

菲菲摸出手機，翻了一下，遞過來：「《人隨月色淨》。不長的，你看！」

「你轉發給我吧！」小湄靈機一動，揚了揚手機。

菲菲指尖兒一翹，成了。

# （四）

小湄伏下頭看手機，輕輕唸道：

「太平山並不遠，就擱在港島的臂彎裏……」

才唸開頭，她的眼睛就定住了，凝神道：「咦，擱，這個詞兒，用得真是……真好呢，我很少用這個詞兒！」她抬起頭來，對菲菲說。

「是呀，」菲菲點頭，「擱，是人的動作，把山放在港島的臂彎裏，這種用法夠誇張的了，而用一個特別的動詞，又增添了幾分趣味。」

小湄用贊同的眼光，看着菲菲：「你説得很對，你昨晚看的？」

「是呀，我看了覺得好，想着今早跟你聊呢！」菲菲説。

小湄伸出大拇指，朝對面的菲菲揚了揚，那神情全然是「知我者莫若汝」的心照不宣。

　　菲菲習慣地向肩後理了一下長長的頭髮，手指尖一點，說：「類似這樣的詞兒、句子，下面還有呢，你看下去。」

　　小湄連忙低頭去看，細蔥似的指尖，輕輕向上推。一邊看，一邊想。眉頭微蹙，柳葉兒似的細眉毛，低垂的眼簾，削尖的鼻梁，看上去，就像一幅畫上的

古代少女——菲菲不由得想。

「好呀，這下子，寫描寫文有參考的內容了。」

菲菲問：「周老師的題目，你想好了嗎，作文？」

「還沒呢……」小湄拈了一根細薯條，輕沾番茄汁，往嘴裏送。「寫作文，我總是在落筆後，才一鼓作氣完成的。」

「你是說，先構思好，才落筆去寫？」菲菲問。

「是這樣的。」

「不寫大綱？」菲菲半信半疑。

小湄頑皮地點了點自己的腦袋：「寫在這兒了。」

菲菲一笑，翹起了大拇指：「佩服。」

小湄怕好友誤會，連忙解釋道：「也許是一種習慣吧，想寫什麼時，自然腦中有一幅圖……」

「圖畫？」

「對，就同大綱一樣……」小湄格格地笑起來。

「寫作是繪畫啊？真叫奇了，有招數。教教我也好啊——不好保密的哦！」菲菲打趣道。

「不要啦，你寫作文也很好啊，別謙虛了好不好？」小湄說着，快樂地笑起來。

# 景物描寫（1）

　　景物描寫又稱寫景，是對季節、氣候、景觀、地域等自然景物的描寫。寫景可以交待環境、渲染氣氛、烘托人物、創造意境等等。例如：

> 　　燈色與暮色齊來。那燈火熱鬧得誘人，像是誰在北山腳下撒了滿地的星，星羣中流動着五彩雲帶，鋪過來，溢過去。緩緩地，熱烈而執着。
>
> 　　　　　　　　　　　　　　　　　　——韋婭《人隨月色淨》

　　寫景的目的，是為了配合作品主題或人物心理。因而在寫景的時候，最好能把將情感帶進去。當景與情相交融的時候，即「情景交融」，作品會更有感染力。

## 1. 靜態描寫和動態描寫

　　對靜止不動的事物，加以細緻的描寫，就是靜態描寫。例如：

> 　　一輪冰月高懸，映出山的輪廓。隔一灣海水望過去，那山野染上了今夜最誘人的月色。
>
> 　　　　　　　　　　　　　　　　　　——韋婭《人隨月色淨》

對活動變化着的事物，加以形象的描寫，就叫動態描寫。例如：

> 近處海風微盈，浪花拍打着堤岸，細細微微，像是怕擾了誰人的夢。沿着碼頭的長廊信步而去，對岸島上成羣的燈盞，閃閃忽忽，如無數隻頑皮的螢火蟲，飛湧而來。
>
> ——韋婭《人隨月色淨》

我們談動態或靜態描寫時，都會聯想到景物的狀態，或流水行雲，或崇山峻嶺。其實，靜態或動態描寫，也包括了人物描寫。人的外貌、神態，可以作為靜態的描寫，而在人物活動中，對其言行舉止，可作動態的描寫。

就如以下片段，既有靜態描寫，也有動態描寫：

> 速食店燈光亮堂，人來人往中，有坐着的，有站着的，有排隊領餐的，也有落單訂餐的。那忙碌的職員，一刻不停地收拾着，嘴裏不斷招呼着客人：「歡迎光臨！」假日的中環，一樣的熱鬧。

## 2. 定點描寫法

定點描寫法又叫定點觀察法。觀察景物時，從一個立足點、一個角度出發，把所看到的事物，按照一定的順序描寫出來，比如從左到右、從高到低、從遠到近等等。這就叫作定點描寫法。例如：

> 抬頭間，清月高掛，映得山林明淨如洗。忽然覺得，人、海、雲、月，相距雖遙，卻因着這清輝下的無瑕無垢，因着那無聲無息的純粹的藍，彼此如此親近。
>
> ——韋婭《人隨月色淨》

運用定點描寫的時候，要讓讀者明白，你是在哪個角度、哪個方位去觀察和描寫的，以便讀者也一起進入你的視線，與你共同體會你眼中的世界。

## 3. 步移法

作者的立足點隨着行走移動而不斷改變，邊走邊看，把看到的不同景物依次記下來，就是步移法。運用步移法，可讓讀者跟着作者的路線走，一同觀賞，一同感受，因而讓讀者有親臨其境的感覺，感受更深刻，產生共鳴。例如：

> 我是在傍晚上山頂的。坐上有古老情調的纜車，沿着山坡扶搖而上，不一會兒，就到了。沿曲曲彎彎的山道前行，嶙峋的山石上草木叢生，偶有荊柯暴露的根骨，儼如鶴髮童顏的老翁，耐不住寂寞似地，欲與行人拉扯。轉過南山，不遠處忽然跳出一灣碧海，浩瀚淼遠。那些華美的別墅、漁港和公園，全在山彎下那濃密的綠蔭掩映之下，看不見了。眼下，極目以內全是海。
>
> ——韋婭《人隨月色淨》

步移法與定點描寫法相近。不同的是，定點描寫法是變化角度去寫同一物件，而步移法是變化角度去寫不同物件。

運用定點描寫法時，人是定在某一位置上的，從視線所及的一個方向，寫到另一個方向。比如，由上到下，從左到右，由近及遠等。但不管按什麼順序描寫，作者的立足點始終不變。

而步移法則是一邊走一邊看，不斷地移步，對視線所及的不同景物一一觀察。這種從不同角度，不同層面、不同方位來描寫的手法，較多用在寫遊記或者參觀活動的文章中。

## 佳作示例

### 人隨月色淨 韋婭

　　太平山並不遠，就擱在港島的臂彎裏。一輪冰月高懸，映出山的輪廓。隔一灣海水望過去，那山野染上了今夜最誘人的月色。近處海風微盈，浪花拍打着堤岸，細細微微，像是怕擾了誰人的夢。沿着碼頭的長廊信步而去，對岸島上成羣的燈盞，閃閃忽忽，如無數隻頑皮的螢火蟲，飛湧而來。直鬧得人滿心歡喜。　　**靜態描寫**　　**動態描寫**

　　我是在傍晚上山頂的。

　　坐上有古老情調的纜車，沿着山坡扶搖而上，不一會兒，就到了。沿曲曲彎彎的山道前行，嶙峋的山石上草木叢生，偶有荊柯暴露的根骨，儼如鶴髮童顏的老翁，耐不住寂寞似地，欲與行人拉扯。轉過南山，不遠處忽然跳出一灣碧海，浩瀚淼遠。那些華美的別墅、漁港和公園，全在山彎下那濃密的綠蔭掩映之下，看不見了。眼下，極目以內全是海，那深心永不安寧的、深藍色的海。抬頭間，清月高掛，映得山林明淨如洗。忽然覺得，人、海、雲、月，相距雖遙，卻因着這清輝下的無瑕無垢，因着那無聲無息的純粹的藍，彼此如此親近。近得可聽見海的呼息，可悟出月的涼意。好像舉手就驚飛了月，抬腳就嚇走了海。靜靜地，什麼也不説，那月似是有聲，海卻是無語，人竟痴痴地不肯前行了。　　**步移法**　　**定點描寫法、多角度描寫***　　**感官描寫法***

　　哦，怎可棄這心境，怎能拋這光華！　　**直接抒情**

*多角度描寫、感官描寫法：請參見第 114 頁、第 96 頁。

燈色與暮色齊來。那燈火熱鬧得誘人，像是誰在北山腳下撒了滿地的星，星羣中流動着五彩雲帶，鋪過來，溢過去。緩緩地，熱烈而執着，尋不着哪是雲帶之源，哪是星羣之根。月華下，隔着海峽，可以遠眺遙遙的九龍，那兒的燈河凝止着，彷彿在微顫中等候遲歸的伊人。不安，而且激動。

借景抒情*

　　心撲撲地跳，為這純淨的時分，為這躁動不安的星的河流，為這熱烈而多情的城。歸途中，總掛着那山頂上吞吐的月、呼吸的海，還有那淨月下不肯棄離的心情。

（選自韋婭《人隨月色淨》）

*借景抒情：請參見第 114-115 頁。

## 寫作小貼士

　　一篇優美的描寫文，常會運用不同的修辭手法。篇名中一個「淨」字，帶出作者內心的一片「無瑕無垢」，並將它全然投射到她所彰顯的這片土地之上。

　　全文讀來，像是信手拈來，渾然天成，而實際上，則是經過了作者的凝神深思。她將心境融入語境，又在語境中昇華自己的情感。因此，當我們習讀這篇中的一句句唯美的辭采時，更要體會隱含在作品後面的人文精神。由此，我們才能更深切地把握語言，提升境界。

# 好詞佳句摘錄

 **好詞**

- **慢條斯理**：形容言行舉止慢騰騰的，一點也不慌忙。
- **不慍不火**：行事不急躁，平淡適中。
- **一呼百應**：一個人發出號召，大家都來響應。
- **心照不宣**：不用言語挑明，便能相互明白。

**佳句**

- 近年的氣候變化，讓她感覺地球像是病了，忽而大夏天凍得要蓋被子，忽而大冬天暖得如沐春風。

- 比起小兔子般的小湄，菲菲更像一隻啃竹子的小熊貓，做什麼都慢條斯理，不慍不火的。

- 天氣晴朗，太陽公公早早地就把笑臉送上來了。周末的中環，雖然沒有平日的人滿為患，少卻許多白領上班族，可是卻多了許多旅途中的皮箱客。

# 寫作小練習

一、分辨以下內容屬於動態描寫，還是靜態描寫？圈出代表答案的英
　　文字母。

1. 小湄的眉頭微蹙，柳葉兒似的細眉毛，低垂的眼簾，削尖的鼻梁，
   看上去，就像一幅畫上的古代少女。

   A. 動態描寫　　　　　B. 靜態描寫

2. 小湄拈了一根細薯條，輕沾番茄汁，往嘴裏送。

   A. 動態描寫　　　　　B. 靜態描寫

3. 天氣晴朗，太陽公公早早地就把笑臉送上來了。周末的中環，雖
   然沒有平日的人滿為患，少卻許多白領上班族，可是卻多了許多
   旅途中的皮箱客。

   A. 動態描寫　　　　　B. 靜態描寫

二、從你家裏或學校教室的窗戶望出去，可以看到什麼？試用定點描
　　寫法，寫一篇短文。

_____

_____

_____

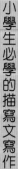

三、哪個景點或地方令有你深刻的印象？試運用步移法，寫一篇文
　　章，介紹這個景點或地方。

_____

_____

_____

_____

_____

_____

_____

_____

_____

_____

_____

_____

# 不虛此行

## （一）

正說着，就見可樂和馬莉前後腳地來到了。

「早晨！」

「你們好早啊！」

同學相見，格外開心。

平日裏大家都是穿着一色的校服，現在全都換上了輕盈的便裝，一個個滿臉朝氣，一身清風。忽然之間，相互間都覺得對方的打扮又新鮮，又好看——絕對不是潮不潮、時髦不時髦的問題，而是彼此間有一種熟悉中帶着些許陌生、親近中夾着微微拘束的喜悅。那是很美的一種感覺啊！

比利傳來短訊，說出門遲了，要稍遲才到。大家便坐下了，叫了飲品，反正有一整天的時間，不急。

「今天天氣真好！」馬莉說。也許好天氣，真能

影響人的情緒呢，馬莉看上去，神清氣爽的，一掃平日的少言寡語。「你們剛才聊得好起勁，在說什麼？」她問。

小湄眼睛一亮，說：「菲菲推薦了一篇《人隨月色淨》，在看呢！」

「哦，我也看看？」馬莉饒有興致。

「我發去小飛象羣吧！」菲菲說。「上山頂前，先作一個『熱身運動』，哈！」

「說起寫描寫文，我就有點怕怕……」可樂說，「尤其是抒情文！」他邊說，邊舉起雙手，作出一副投降的可憐樣。

大家被逗樂了，都笑。

馬莉說：「是不是男生都怕寫抒情文？比利也說，寫不好描寫文呢！」

小湄笑起來，不置可否：「寫作大概不會有性別之分吧？」

　　「那可不一定！」可樂說，「男生與女生，關心的事情就是不太一樣的——男生理性，女生感性！」

　　這不，又來了！男生女生，理性感性，在小飛象羣裏，曾爭得面紅耳赤……也許，有些話題，總是談不盡的。就好像誰說的，愛情是文學永恆的主題？小湄心下閃過一念，尋思道。

　　只聽菲菲說：「那麼，就是說，男生偏向寫議論文，女生更喜歡寫描寫文？那我不就成了——男生啦？」

　　菲菲的打趣，惹得大家都笑了。

　　「這回老師布置的是人物描寫，各位心中有譜了嗎？」

　　笑過了，菲菲又問。

　　在座的都搖頭了，長腿可樂撓了撓頭，顯出一副著急的模樣，「你們呢，給點貼士吧？」他望着菲菲。

　　「這回去太平山頂，不正是寫作描寫文的一個契機？」菲菲說。

可樂仍是一頭霧水的樣子。

「寫太平山？」他問。

「不，是借一件事情，來寫人物——老師不是說了嗎？」菲菲偏了一下頭，看着俄小湄，「我說的對不對？」

小湄説：「借任何一件事，都可以描寫人——只要那事有意思。不一定非得寫太平山。」

馬莉眼睛一亮：「妙呀，今天的活動有東西可寫哦！」

## （二）

看來，描寫人物，在長腿可樂眼裏，是一件頗為艱難的事了。他摸着自己的後腦勺，聳了聳肩，沒有説話。

「我們都寫今天的事兒，然後，各寫一個人，怎麼樣？」馬莉建議。

長腿可樂的眼睛，圓溜溜地瞪着。

「晚上回去，就可以完成。」小湄一歪腦袋，頑皮一笑。

「哇，我們也是！」馬莉積極呼應。

「小湄總是一氣呵成的。」菲菲説。她像是在提示大家，俄小湄的作文寫作，是有「秘訣」的。

小湄有點不好意思了：「我一邊行走，一邊在心

裏構思。」

「哦？這就是所謂的——觀察，是不是？」

長腿可樂像是突然開竅了。

小湄點頭：「你心裏有目標，就會自然去留意多一點了，比如地名啊，或者景點啊，都會稍稍多留意一點，這全在自己了。你可以有取捨的。」

「小湄寫作真有心得呢！」馬莉讚道。

「由於習慣晚上回家要寫日記，所以白天遇到什麼事，有開心或不開心，就會特別留心，會想到，噢，今晚就記這個……所以腦子裏，就很自然地把剛才的事，重新過了一遍。」

「這就是無形的構思，對不對？」菲菲說。「比如大綱啦，細節啦，都在腦子裏存着了，對不？」

小湄驚訝菲菲有這樣的歸納力，不由得多望了她一眼。

「小湄，你是什麼時候開始寫日記的？」長腿可樂問。

「嘿，」馬莉取笑可樂，「有點八卦吧？」

可樂分辯道：「那有什麼，我是想知道，小湄的

寫作靈感，都是從哪裏訓練出來的。」

小湄有點不好意思了：「很小時候，就認識了許多字了——我媽說。可能是因為我媽媽總讀故事給我聽——她照着書唸，我就喜歡書了……」

這麼一說，她的兩頰就發熱了。在同學面前誇讚自己，畢竟真有點不自在。她低下眼眉，看一眼手機，又下意識地理了一下頭髮。然後抬眼朝大家一笑，微微地有一點羞澀，但很快就過去了。

「看書，這很重要。」菲菲喃喃道。

「我也喜歡看書呀，」可樂說：「但我議論文、描寫文，都寫不好！」

「我也是，議論文，描寫文，都寫不好！」

比利不知從哪裏鑽出來了，學着可樂的腔調，怪聲怪氣地重複道。

一羣人又興奮了一陣。

然後，領隊——當然是菲菲啦，把手一揮：「走吧！」

一行人腳步輕快，向山頂纜車站而去。

# (三)

　　都説去太平山的人多，原來真是如此啊。長長的人龍排起來，打蛇餅似地繞了一圈。不過，幾個好朋友聚在一起等，説着話，喝着水，將那生津的小糖粒兒含在嘴裏，不一會兒就入閘了。

　　纜車到了，紅色的，帶着復古色彩的山頂纜車，就在跟前候着。人們興奮地魚貫而入。纜車上座位寬敞，車窗大大方方地敞開着，像是在引領久違的朋友，欣賞山林野蔓間的都市之美。窗外綠意葱蘢，大自然的氣息撲面而來。

　　幾個人找着靠窗的位子坐下，心情愉悦。車就開動了，沿着陡峭的斜坡，慢騰騰地向上攀行。路旁綠意無限的森森樹木，還有陽光下刺眼閃光的巨大樓廈，都在漸漸地倒退而去。坐在車上的人們，身子微微地後傾。人們的眼睛像是不夠用了，看看這邊窗，瞧瞧那邊窗，有嘰里呱啦的，有悄聲細語的，拍照的，合影的，車窗內蒸騰着陽光一般的熱烈情緒。

　　「真好看啊，沒有白來！」長腿可樂説。

「你第一次來嗎？」馬莉問。

可樂搖了搖頭，「好看的景物，你永遠像是第一次看，看不夠的。」

小湄心裏一動，寫作不是什麼難事吧，只要有了真情實感，不是出口成章嗎？用了心時，動了真情，人人都是寫作的能手，人人都是哲學家。

這麼講着，她朝可樂凝視了一眼。可樂看到了，問：「怎麼，我說得不對嗎？」

「說得太好了，還說你不會寫作呢，你這不就是在寫作嗎？」

「是嗎？」可樂好歡喜。「但是，我一拿到筆，就寫不出來了。」

「你現在就記在腦中啊！」

「我剛才說了什麼？」他又懵了。

小湄格格地笑起來。也許，這就是書裏聽說的，「說者無心，聽者有意」吧？

她把他剛才的話複述了一次。

菲菲不由得感歎：「小湄你真會觀察人啊！」

比利突然冒了一句出來：「你們個個都是才子，

才女啊！」

他的聲音真是夠大的，吸引了纜車上一些乘客轉過臉來，有人竟還為他們鼓起掌來。快樂的氣氛洋溢在空氣裏。

# （四）

太平山啊，真可謂不虛此行！

要知道，沿着山頂環迴步行徑前行，是有足足幾公里的路程，平時少走路的人，到了這個時候，你不叫累才怪呢！可是這幫同學仔卻不是，他們好像天生就是敢於挑戰新事物的。有人不是説「初生牛犢不怕虎」嗎，何況這只是走一截路而已！

走在這樣的路上，怎不心曠神怡！峭壁上草木吐翠，山澗裏水流淙淙，空氣裏暗香浮動，隱然間，仿若有誰人彈奏的琴聲。

風兒無拘無束地撲面而來，女孩子們喜歡笑，笑得厲害了，被風嗆了，就咳起來；而男孩子呢，便在路上追打起來。論跑路，這比利哪是可樂的對手呢，

當然遠遠地被拋在後頭。跑累了，比利就拉在了最後，他便等着女生們上來，才一起走。而那位長腿可樂，就怡然自得地在遠處揮舞臂膀，叉着腰，揮着手，笑得哈哈聲，顯然，在女生面前，好威風呢。

小女生像是深諳小男生的心理似的，自然在說話間，有意地幫那貌似輸了的一方。

這個說：「跑得快，有什麼了不起，因為腿兒長嘛！」

那個說：「要是我們女生跟他比，一定被甩過一條街啦！」

可樂便得意洋洋地說：「好男不跟女鬥啊！」

女生一聽不依了，帽子一頂頂甩上來，又是反對性別歧視，又是要男女平等，講起來，又是一籮筐的理兒了。

這下子，可樂就認輸了：「你們人多勢眾啊，我就沒話說啦！」

菲菲就提醒：「你寫什麼人物呢？何不把你的這麼有趣的話，一句句都寫進去？」

「我？我寫……比利！」

比利嚷起來：「莫寫我呀，你寫女生嘛，描寫她們，可以筆下生花！」

還是請小湄說一下，怎樣來組織這篇描寫文呢？但是，這樣又會不會大家都寫得一樣啦？

「當然不會！」小湄笑起來，「別擔心，寫作永遠是屬於個人的，因為每一個人的說話方式，都是不一樣的嘛！」

不一樣的，明白嗎？一樣的人，不一樣的描述，一樣的景，不一樣的寫法，一樣的心情，表述的方法也不一樣啊！

一時間，都靜了，像是都進入了冥想狀態，任那山野裏風的嬉戲，青草花香的挑逗，一個個在腦子裏，勾勒起某一個形象了。

語言，語言，描寫的語言！

今晚回去，大家趕快落筆啊，趁熱打鐵！

# 景物描寫（2）

## 1. 隨時推移法

隨時推移法，就是按時間的推移，或年月、或季節、或時日等等，來描寫事物的方法。自然景物的變化，是與時間的推移相聯繫的。在描寫景物時，既可以時間的推移為依據，也可以景物的變遷，表現時光的推移。例如：

> 秦淮河的水是碧陰陰的；看起來厚而不膩，或者是六朝金粉所凝麼？我們初上船的時候，天色還未斷黑，那漾漾的柔波是這樣的恬靜，委婉，使我們一面有水闊天空之想，一面又憧憬着紙醉金迷之境了。等到燈火明時，陰陰的變為沉沉了：黯淡的水光，像夢一般；那偶然閃爍着的光芒，就是夢的眼睛了。
>
> ——朱自清《槳聲燈影裏的秦淮河》

上述片段描寫秦淮河的景色，由「天色還未斷黑」，寫到「燈火明時」，即是天已漸黑，甚至已經天黑，表現出時間的推移。

運用隨時推移法的時候，留意時序可以分為兩類：

### 1 客觀時序

即時間的自然順序，如春夏秋冬、晨午昏夜、幼少青壯等。

**2** 主觀時序

作者從主觀感受出發，對自然時序進行重新安排，如春秋呼應，夏冬對比，寫過去、現在、未來，跳躍或顛倒，隨感覺而敍述。

## 2. 感官描寫法

在描寫景物時，我們可以利用感官來描寫。「感官」指的是五種感官，包括視覺、聽覺、味覺、嗅覺和觸覺。感官描寫就是指作者用他看到的、聽到的、吃到的、嗅到的，以及摸到或接觸到的來寫景物。例如：

> 風裏帶來些新翻的泥土的氣息，混着青草味，還有各種花的香，都在微微濕潤的空氣裏醞釀。鳥兒將巢安在繁花嫩葉當中，高興起來了，呼朋引伴地賣弄清脆的喉嚨，唱出婉轉的曲子。
>
> ——朱自清《春》

這裏的感官描寫，有嗅覺（嗅到新翻的泥土氣息、青草味、各種花的香）、觸覺（感受到空氣中的濕潤）、聽覺（聽到鳥兒的聲音）和視覺（看到鳥兒、鳥巢、繁花嫩葉）。

又好像以下的例子：

> 海在動，還有露營的年輕人隱隱的笑鬧聲。生命在這夜的波動中，比白晝更顯得不安和躁動，生發着神秘而蓬勃的力量。那晚的月亮圓極了，我走在飄着泥土與青草氣息的小路上，月的光亮如歌似潮，融融地淹沒了我。
>
> ——韋婭《那晚的月亮》

這裏運用了幾種感官來描寫，包括聽覺（聽到年輕人的笑鬧聲）、視覺（看到海、圓月）和嗅覺（嗅到泥土和青草的氣味）。

描寫景物時使用感官描寫的手法，能令文章的內容更易產生共鳴。讀者透過作者繪聲繪色的情感語言，對事物的顏色、香味、味道、聲音乃至觸摸到的感覺等，有一個具體而親近的體會，因而產生極好的閱讀效果。

# 細節描寫

細節描寫，是對作品中的人物或環境，作出細緻入微的刻畫和描摹。這可以用在人物的肖像或行動、語言、心理上，也可以用在環境和場面的描寫上。

例如故事裏對小湄有這樣的描寫：

> 這麼一說，她的兩頰就發熱了。在同學面前誇讚自己，畢竟真有點不自在。她低下眼眉，看一眼手機，又下意識地理了一下頭髮。然後抬眼朝大家一笑，微微地有一點羞澀，但很快就過去了。

這裏細緻地描寫了小湄害羞時的神情和動作，使人物形象更具體、生動。

我們學習寫描寫文，無論是行為描寫、語言描寫、還是心理描寫，都不是孤立地描寫的，而是透過事件來寫人物的。人物的舉止、行為或語言、心理，反映了人物的性格特徵。因此，描寫人物，應該借助事件來進行，才能寫活人物，寫好故事。

好詞佳句摘錄

## 好詞

- **神清氣爽**：形容人的心情舒暢，精神飽滿。
- **開竅**：人受到開導、啟發，終於領悟或變得聰明、有見識。
- **葱蘢**：形容草木的青翠而茂盛。
- **陡峭**：指山勢的高拔而陡峻。
- **心曠神怡**：心情舒暢，精神愉快。
- **趁熱打鐵**：比喻抓緊有利的時機去完成事情。

## 佳句

- 纜車上座位寬敞，車窗大大方方地敞開着，像是在引領久違的朋友，欣賞山林野蔓間的都市之美。窗外綠意葱蘢，大自然的氣息撲面而來。

- 人們的眼睛像是不夠用了，看看這邊窗，瞧瞧那邊窗，有嘰里呱啦的，有悄聲細語的，拍照的，合影的，車窗內蒸騰着陽光一般的熱烈情緒。

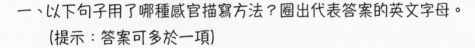

## 寫作小練習

一、以下句子用了哪種感官描寫方法？圈出代表答案的英文字母。

   （提示：答案可多於一項）

1. 纜車沿着陡峭的斜坡，慢騰騰地向上攀行。路旁綠意無限的森森樹木，還有陽光下刺眼閃光的巨大樓廈，都在漸漸地倒退而去。

   A. 視覺　　　B. 聽覺　　　C. 觸覺　　　D. 嗅覺

2. 走在這樣的路上，怎不心曠神怡！峭壁上草木吐翠，山澗裏水流淙淙，空氣裏暗香浮動，隱然間，仿若有誰人彈奏的琴聲。

   A. 視覺　　　B. 聽覺　　　C. 味覺　　　D. 嗅覺

3. 眼下，極目以內全是海，那深心永不安寧的、深藍色的海。抬頭間，清月高掛，映得山林明淨如洗。忽然覺得，人、海、雲、月，相距雖遙，卻因着這清輝下的無瑕無垢，因着那無聲無息的純粹的藍，彼此如此親近。近得可聽見海的呼息，可悟出月的涼意。

   A. 嗅覺　　　B. 觸覺　　　C. 聽覺　　　D. 視覺

二、試用細節描寫的方法，描寫你鄰座的同學。

   _____

   _____

三、用隨時推移法，寫一篇文章，描述你的校園在不同時間或季節
　　的景象。

_____

_____

_____

_____

_____

_____

_____

_____

_____

_____

_____

_____

# 漂亮的描寫文

## （一）

其實是真夠累的了。

想想吧，走了這麼大的一圈子，在路上又是跑又是笑，誰說小孩子不知道累的呢——哦不，他們可不是小孩子！

至少，俄小湄沒有把自己當孩子。

當周老師說，《紅樓夢》裏的女孩子，都差不多跟自己這麼大時，她都驚訝得說不出話來了，因為她七歲時第一次翻看這本圖畫書，映入眼簾的都是纖纖女子呀。她不確定爸爸為什麼買這本書給她，但那些優美的詩句，那些惆悵的心思，那葬花者的眼淚，那落寞者的思懷，都叫她看得入迷，並且那些她能讀懂的佳句或詩語，都成了她日記本上的「座上賓」了。

她保存着那些日記本，每一回搬家，它們都留在

她身邊。

那些幼稚的字啊，抄得好有趣的！

可是，許多時候，她卻找不到知音，她可以與要好的同學一起笑，一起瘋，一起玩耍，一起分享食物，卻無法分享深心處的那些書中的珍奇與美好。

她們與她似乎有着那樣大的距離，就像，與父母在一起，儘管他們愛她，保護她，與她同吃同住同歡喜，但是，她似乎也無法在他們之間，架起一座通往心靈深處的橋。

人與人，是多麼的陌生啊。

難怪有那麼一本《百年孤獨》的奇書。她雖然完全讀不明白，但那個奇特的書名，一開始就擄獲住她的心了，令她震撼不已。

她其實什麼道理也說不好，她總是用屬於自己的想像力，或叫感悟力，來理解她眼前的這個世界的。

但是，許多的事，她說不明白——這世界有多少事情，可以想得明白呢？

但是今天，她似乎突然發現，在人與人的距離之間，其實，是有許多許多可以通往彼此的管道的。就

像無數道金光閃爍，它可以從不同的角度，不同的方向，發散於這個世界，抵達不同層面的外在世界。

想到小飛象羣，她的這些要好的同學，心頭就會閃過一陣欣喜，一種說不出的歡快，油然而生。

想想吧，當初她們也不是從班上刻意挑選組員的呀，全是偶然之間，就這樣組成了一個小小的羣，寫議論文。他們各不相同，各有特點，最重要的是，都是這樣的坦誠，這樣的自然，多有趣啊！

## （二）

她伏向窗外，已是萬家燈火時分。

她們沒有在山頂待到夜晚，一整天的步行已令她們精疲力竭了。若是要觀夜景，該是黃昏上山的，於是，她們有了下一回的約定。

若是能俯瞰遼闊的維

多利亞港，將維港兩岸的景色盡收眼底，那該是多麼快樂的享受！那一幢幢高聳入雲的摩天大樓，變得那麼小，像一幅美麗圖畫，彷彿伸手能摸到，卻又如此地遙不可及。

幻象與真實之間，到底，哪一個才是美的呢？

哦，胡思亂想吧？

菲菲是多麼可愛啊。她誠懇而真實，從不掩蓋自己的觀點，她學習成績好是公認的，尤其中文寫作的強勢，可從不見她妒嫉別人，或生怕別人超越自己的小器。要知道，這樣的同學是有的——小湄曾經為此而戰戰兢兢，那種諷刺挖苦，誰聽不出來呢？可是，在菲菲面前，她卻很自在，而菲菲也從不掩飾對她的讚揚之語。這怎麼不令小湄喜歡她。

而馬莉呢，說話直來直去的，不會在意別人的感受——這點倒是令人望而生畏的吧。不過，當你跟她接觸多了，你會發現，她除了這種單刀直入的率直之外，並無惡意攻擊的念頭，也許，這是一種善良的本質，她的可愛之處，不就在這裏嗎？

她想到了比利，不由得笑了，這位長腿可樂的跟

屁蟲，大約跟他的個子比較小有關吧。長腿可樂長得人高馬大，造就了一種外在的氣勢。其實，人有沒有出息，與個子沒有太大的關係吧？

小湄這麼想來想去，覺得這世界上的人，真叫千姿百態，太不相同了。有人說，世上沒有兩片相同的樹葉，大約就是這個意思吧？

她想到了作文，該選哪個人，作為她的主角呢？

# （三）

「你們寫好了嗎？」

小湄看到小飛象羣裏有人在發問了。

原來是比利。

他真的實踐諾言了嗎？他寫好了？

小湄等了一會，不見有人回答。可能大家都沒有寫完吧，又或者太累了，早已睡了吧？正想回覆，忽見比利給自己發來了一個檔案。

「小湄，幫我看看，這樣寫好不好？」

啊，她的心熱切地跳起來——比利竟肯把作文給

她看！

作文是這樣寫的：

## 我的同班同學

長腿可樂是我的同班同學，今天他跟我們同學幾人，一起去太平山旅行。

正是春分時節，氣候十分宜人。山頂的風景壯麗無比。我們一行五人，乘着纜車登上山頂，然後，沿着山頂的環迴步行徑前行。

一路上，大家都非常開心。

可樂長得人高馬大的，腿兒長長，跑起步來，沒有人追得上他。他曾經榮獲全校的長跑冠軍，所以大家叫他「長腿可樂」。

我有點自不量力，上山以後，我竟然跟他一起跑步。結果可想而知，他一下子就把我遠遠地拋在了後面！我就只好知難而退了。

雖然如此，同學們都鼓勵我，繼續努力。俄小湄同學說，我會是一名後起之秀，因為敢於挑戰一位跑步冠軍，這是需要勇氣的。馬莉同學說，我日

後可以參加學校比賽，與長腿可樂有得一拼。菲菲
同學說，友誼第一，比賽第二。

今天的活動，令我感到很愉快，也感到十分有
意義。

我們大家約好了，下次再去太平山看夜景。

她看完了，比利寫得語言通順，表達得挺自然的，有趣呢！

　　於是她發了一行短訊：「寫得不錯！」

　　然後，又加了一句：「漂亮！」

　　比利大概一直候在那裏，立即回覆：「可以幫我修改一下？」

　　小湄似乎已經看到了比利迫不及待的心情，想了想，便發了一語：「你的內容是講可樂，是去太平山，但你的題目有點大……」

　　「明白了，說得對！」比利說，「你寫好了嗎？給我看看？」

　　小湄一下子尷尬了：「不好意思，我還沒有寫呢！」

　　比利會不會認為她不願意給他看自己的作文呢？這時，小飛象羣有人發話了：「我也正在寫呢！」

　　「我也是！」

　　「我也是……」

　　小湄笑起來。比利寫得最快，又發現一個語文小才子！

# （四）

周老師今天真是滿面春風啊！

想想吧，得知班上有同學在周末一起結伴出遊，說是可以尋找靈感，觸景生情，來為周老師布置的人物描寫，作實地觀察練習……這怎麼不令他高興呢？

一個老師的快樂，就是看到同學的積極性被調動起來，能夠主動學習啊！

哦，主動學習……這是一種多好的學習境界。

——孩子們懂得老師的喜悅嗎？

周老師是滿足的，教學這麼多年來，他的心願，不就是能把自己的理念，像春風一般，潛入孩子們的心靈麼？

興沖沖步入教室，一大落作文本已放在他的講台前了。班長很盡職地在最上面放了一張紙條，記錄了未交功課的同學名字，並且注明理由：忘在家裏了；找不到了；生病了沒寫……

周老師整了整作文本，平平齊齊地放好，他的動作很慢，像在撫摸一個孩子。然後，他緩緩地把視線

從作文本上移開，朝課堂掃視一眼，接着微微一笑。

「我要感謝同學們，你們完成得很好，」他說：「部分作品，班長在早讀時間，拿去我辦公室了。」

大家很驚訝，因為通常作文本要等下一課作文堂時，才會講評的呀！周老師為什麼這麼迫不及待地看大家的功課呢？

那些沒有交本子的人，有些坐不住了，偷偷地朝四圍看。而交了本子的人，則希望自己是那些幸運地被老師抽中、講中的人。

此刻，比利的眼睛亮亮的，他多希望老師能看過自己的作品，要知道，他是花了心血寫的。在太平山頂下山途中，他打了一路的腹稿，這才有了回家後「一氣呵成」的成果——這得感謝小湄呀，還有小飛象羣同學。

周老師的視線從比利的臉龐，移向小湄、菲菲，然後是馬莉、可樂、布思思……他的臉上呈現着光彩。

學習，是一個自覺的過程，這就是為什麼，周老師他從來不死死規定你必須要交周記，甚至連你的讀書報告，他也不刻意追着你交——他期待着你看書後的動筆，更希望分享你的閱讀成果。

小湄聽懂了，老師推動的是你主動學習，建樹的是你的自我意識。

窗子忽然有一陣風吹進來，變幻多端的天氣，剛才還是雲層低迷，此刻突然雲開日出，太陽光照進了窗子，整個教室亮堂極了！

# 場面描寫

在寫作中，需要將人物放在一定時間和環境中，構成一幅生活畫面，這種寫作手法叫場面描寫。例如：

平時，張元滿就表情多多，現在他有意將諧趣掩於認真，便產生了娛樂性的效果，一副滑稽的模樣，令所有的人都不由自主地笑起來。有的人笑得前仰後合的。開心的人，拍掌的也有，拍桌子的也有。坐在前排的轉過身，靠在窗邊的立起來，就連平時不苟言笑的薯仔、性情木訥的大豆，這時也忍不住嘻嘻地直樂。教室裏熱鬧一片。

上述的片段，就描寫了不同學生的動作、表情等，組合成為一個歡快熱鬧的場面。

場面描寫主要以人物活動為中心，是一幅動態的圖像。除了描寫人物活動，也要注意帶出感情、營造氣氛。

# 整體描寫和局部描寫

描寫可以分為整體描寫和局部描寫。整體描寫，是對描寫對象作籠統的整體的印象敍述，而局部描寫，則是寫出事物的細緻特徵。例如：

纜車上座位寬敞，車窗大大方方地敞開着，像是在引領久違的朋友，欣賞山林野蔓間的都市之美。窗外綠意葱蘢，大自然的氣息撲面而來。

　　　車就開動了，沿着陡峭的斜坡，慢騰騰地向上攀行。路旁綠意無限的森森樹木，還有陽光下刺眼閃光的巨大樓廈，都在漸漸地倒退而去。坐在車上的人們，身子微微地後傾。人們的眼睛像是不夠用了，看看這邊窗，瞧瞧那邊窗，有嘰里呱啦的，有悄聲細語的，拍照的，合影的，車窗內蒸騰着陽光一般的熱烈情緒。

　　上面的例子，以纜車行駛的畫面為描寫對象，頭一段用了整體描寫，寫出在纜車車廂裏看到的整體畫面。後一段則是局部描寫，細緻地描繪了纜車上山時看到的景物，以及車廂裏人物的活動。

　　我們在寫作中，可以根據自己的寫作目的不同，而着重於描寫整體印象，或將筆墨的重點放在局部特徵的描寫。

# 多角度描寫

  多角度描寫,就是將直接描寫和間接描寫兩者結合起來的一種寫作手法。也就是說,既從正面對人物作直接的刻畫,又通過周圍不同人物眼看、嘴講等方式,從側面加以烘托。

  多角度描寫可以寫人物,也可以寫景。如果是寫景,可以由所觀看的不同角度來描寫觀察的對象,包括仰望、俯瞰、平視、遠眺和近看等等。例如:

>   轉過南山,不遠處忽然跳出一灣碧海,浩瀚森遠。那些華美的別墅、漁港和公園,全在山灣下那濃密的綠蔭掩映之下,看不見了。眼下,極目以內全是海,那深心永不安寧的、深藍色的海。抬頭間,清月高掛,映得山林明淨如洗。

  上述片段中,觀察者站在同一個地方,從不同角度描寫自己看到的景物——「一灣碧海」。向下望的時候,眼前看到的「全是海」;抬頭向上看的時候,看到「清月高掛」,「山林明淨如洗」。

# 抒情手法

  在描寫人物或景物的時候,可以同時運用抒情的手法。寫作中,可以直接抒情,也可以間接抒情。

  直接抒情,就是直抒己意,將內心的情緒、感觸,直接抒發出來;而間接抒情,則是透過借事、借景、借物來進行的。一邊敍述

或描寫，一邊抒情，兩種文字相互交錯，而對讀者產生感染力。

例如故事裏面，比利寫的《我的同班同學》一文，就用了直接抒情和間接抒情：

> 可樂長得人高馬大的，腿兒長長，跑起步來，沒有人追得上他。他曾經榮獲全校的長跑冠軍，所以大家叫他「長腿可樂」。
>
> 我有點自不量力，上山以後，我竟然跟他一起跑步。結果可想而知，他一下子就把我遠遠地拋在了後面！我就只好知難而退了。
>
> 雖然如此，同學們都鼓勵我，繼續努力。俄小湄同學說，我會是一名後起之秀，因為敢於挑戰一位跑步冠軍，這是需要勇氣的。馬莉同學說，我日後可以參加學校比賽，與長腿可樂有得一拼。非非同學說，友誼第一，比賽第二。
>
> 今天的活動，令我感到很愉快，也感到十分有意義。

上述片段有直接抒情的部分，例如「我有點不自量力」、「今天的活動，令我感到很愉快，也感到十分有意義」，都直接抒發了比利的感受。

另一方面，通過比利和可樂兩位同學比賽跑步，及後同學們鼓勵比利的事情，間接地抒發了比利和同學們之間的友好情感。

寫描寫文，切忌為描寫而描寫。敍事中，將你的感情透過這件事的發生而產生的情感，抒發出來，這就是「借事抒情」；而在景物描寫時，所引發的聯想，其實來自於你內心的感觸，所以你的筆端就自然會產生令人感動的抒情表露，這就是「借景抒情」；而寫物，不在於物本身，而在於你的感情與之產生的聯想，這就是「借物抒情」。這也就是間接抒情的三個類型。

## 那晚的月亮 (節選) 韋婭

月亮在我的記憶裏，總與清柔的風在一起。總有那麼一些淡淡的遊雲，時隱時現地伴隨着它。灰暗的抑或清朗的月空，在我心靈的空宇裏，總沁着那麼一縷美麗的憂傷。

> 動態描寫

我喜歡在月下獨行。

> 直接抒情

月光下，我的色彩感顯得格外豐盈。我無法解釋自己那種對月光的依戀，是來自一種什麼樣的情愫。在月光如水般柔和的光照下漫步，眸子裏竟會濕漉漉地感動起來。四圍的一切都像是有了生命和意志一般，與我作着無聲的、卻又是那麼親昵的交流。我懂她們，我彷彿懂得草葉間正在傳遞着神秘的生命訊息；風兒飄忽着，遊移在不遠的深處，像是對誰人輕聲訴說着什麼。

> 借景抒情

而此刻，田野裏的萬物正醒着，悄悄地展開了生命拔節的喜悅；大氣迴旋的天宇裏，夢盈星流，神秘而深邃。哦，那個他呢，是否還會在燃着篝火的海邊，聽那大海的濤聲？抑或在異邦的田園裏，沉浸於溫馨的夢中？

> 直接描寫

> 間接描寫

我走在新界閴寂的小路上。

側耳傾聽，腳下的大地沉睡了。青草、野藤正在搏動生的脈搏。海在動，還有露營的年輕人隱隱的笑鬧聲。生命在這夜的波動中，比白晝更顯得不安和躁

> 感官描寫

動，生發着神秘而蓬勃的力量。那晚的月亮圓極了，我走在飄着泥土與青草氣息的小路上，月的光亮如歌似潮，融融地淹沒了我。

那晚的月亮，因着你深切的目光而顯得輝煌而別具新意。那個夜晚，我青青的心田裏成長起一份依戀月亮的情愫。可此刻，隻身沉浸在明月裏的我，卻只能將懷念的心霧，融進月華裏，去祈願那比月更遠的人了。

借物抒情

月亮總是融着一份憂傷，悄悄溜進我的世界裏來，總是讓我在回憶裏，帶着感激，熱愛曾經擁有的每一月光華，每一縷微笑，還有那與月色相連的、我漸漸成熟的生命。

直接抒情

（選自韋婭《人隨月色淨》）

## 寫作小貼士

任何一種描寫手法，只有與內心的真實感情凝結在一起，才會產生感染人的藝術效果。

月亮是一個客觀存在，但由於它的光亮與遙不可及的距離，便成為了許多文人雅士寄託思情的謳歌對象。我們在閱讀文章時，可以將重點放在作者思緒的推展上，詞彙是附着於思想之脈上的，它不是孤立存在於某一句子之中。所以，一方面，我們在打基礎階段，要扎扎實實地掌握詞彙；另一方面，我們要學習如何真實地面對自我。好的作品，往往是與人的思維方法、思想境界相關聯的。

 **佳作示例 2**

# 有這樣一個丈夫　韋婭

他不英俊，也許連瀟灑也談不上。

可他有個漂亮的女人。

女人嬌，女人媚，女人生就的一副動人心魂的容顏。

他是該滿意了。因着他的誠實，因着他的忠厚，也因着他穩穩當當的一份高級公務員的優厚薪俸。小日子過得甜甜的。

女人説，我喜歡有雨的日子。

男人便一定在有雨的日子裏，陪着太太坐在落地玻璃窗的咖啡座前，一起説着關於雨的故事了。

女人説，我不喜歡看戲。

男人便把自己愛聽粵劇的嗜好給戒了。陪着太太一起看西部電影、聽輕音樂、逛公園、走商店了。

女人説，九七快到了，快快同我去美國買樓定居吧！

這回，男人猶豫了。離開香港，告別年老的父母，辭去公職，這……

男人不能不考慮再三。

女人哭。

> 肖像描寫

> 語言描寫

> 行動描寫

> 心理描寫

男人心軟了。

男人把太太送上飛機，女人連頭也沒有回。

行動描寫

女人來信說，加國有人懂得如何照顧她。

男人有些鬱悶，男人依舊按月寄錢給女人。女人的電話少了，女人的信少了，男人的話也少了。

心理描寫

男人想，只要太太過得愉快⋯⋯

男人把假期放在飛機上，去探望大洋那邊的、越來越生疏的美麗女人。

大夥都說男人是個好丈夫。但夜幕下，只有男人自己知道什麼叫孤獨。

間接描寫

（選自韋婭《織你的名字》）

## 寫作小貼士

短短幾百字，就將一個委屈而無奈的丈夫，栩栩如生地推出在讀者面前。語言簡練，卻故事完整。主要的表現手法，就是描寫。句子，除了它表層的意義之外，還有它所帶出的背後的深層心理。於是，我們透過清爽如風的敘述，讀到了丈夫內心的愛與捨之間的矛盾。他一舉一動的委屈求全，與太太溫柔嬌媚的任性不依，兩相對照，就這樣三言兩語，一個為自己營造了情感困境的「有這樣一個丈夫」，就出現在了我們面前。

## 好詞佳句摘錄

 **好詞**

- **油然而生**：某種感情自然而然地產生。
- **戰戰兢兢**：形容十分害怕，小心謹慎的樣子。
- **望而生畏**：形容令人望一眼就感到害怕的樣子。
- **千姿百態**：形容姿態各種各樣，或種類繁多。
- **滿面春風**：形容舒暢的心情所呈現在容顏上的愉悅表情。

 **佳句**

- 若是能俯瞰遼闊的維多利亞港，將維港兩岸的景色盡收眼底，那該是多麼快樂的享受！那一幢幢高聳入雲的摩天大樓，變得那麼小，像一幅美麗圖畫，彷彿伸手能摸到，卻又如此地遙不可及。

- 周老師整了整作文本，平平齊齊地放好，他的動作很慢，像在撫摸一個孩子。

- 窗子忽然有一陣風吹進來，變幻多端的天氣，剛才還是雲層低迷，此刻突然雲開日出，太陽光照進了窗子，整個教室亮堂極了！

# 寫作小練習

一、假設你現時站在太平山山頂，你會看到什麼景色？試用不同的角
度觀察和描寫眼前的景象，填寫在表格裏。

| | |
|---|---|
| 仰視 | |
| 平視 | |
| 俯視 | |
| 遠看 | |
| 近看 | |

二、你遇過哪些令你感到尷尬的場面？選取其中一個場面，描寫當時的情況，並寫出你的感受。

_____

_____

_____

_____

_____

_____

_____

_____

_____

_____

_____

三、試用整體描寫和局部描寫的方法，描寫你的教室。

# 參考答案

**寫作小練習**（P.20）

一、1. 敍述

2. 描寫

3. 描寫

二、自由作答。

**寫作小練習**（P.39-40）

一、1. A　2. B　3. A　4. B

二、自由作答。

**寫作小練習**（P.57-59）

一、1. 行動描寫

2. 肖像描寫

3. 語言描寫、行動描寫

4. 心理描寫、行動描寫

二、自由作答。

三、自由作答。

**寫作小練習**（P.78-79）

一、1. B　2. A　3. B

二、自由作答。

三、自由作答。

**寫作小練習**（P.99-100）

一、1. A

2. A、B、D

3. B、C、D

二、自由作答。

三、自由作答。

**寫作小練習**（P.121-123）

一、自由作答。

二、自由作答。

三、自由作答。